U0537271

中国书籍文学馆　大师经典

朱湘精品选

朱湘◎著

中国书籍出版社
China Book Press

图书在版编目（CIP）数据

朱湘精品选 / 朱湘著.—北京：中国书籍出版社，2014.3

（中国书籍文学馆·大师经典）

ISBN 978-7-5068-3936-5

Ⅰ.①朱… Ⅱ.①朱… Ⅲ.①中国文学—现代文学—作品综合集 Ⅳ.①I216.2

中国版本图书馆CIP数据核字（2013）第306358号

朱湘精品选

朱湘　著

图书策划　武　斌　崔付建

责任编辑　刘洁琼

责任印制　孙马飞　张智勇

出版发行　中国书籍出版社

地　　址　北京市丰台区三路居路97号（邮编：100073）

电　　话　（010）52257143（总编室）（010）52257153（发行部）

电子邮箱　chinabp@vip.sina.com

经　　销　全国新华书店

印　　刷　北京世纪雨田印刷有限公司

开　　本　710毫米×960毫米　1/16

字　　数　296千字

印　　张　23

版　　次　2014年6月第1版　　2016年8月第2次印刷

书　　号　ISBN 978-7-5068-3936-5

定　　价　39.80元

出版前言

我国现代文学是指用现代文学语言与文学形式，表达现代中国人思想、情感、心理的文学。是在20世纪初“五四”新文化运动的影响下，广泛接受外国文学影响而形成的新兴文学。其不仅用现代语言表现现代科学民主思想，而且在艺术形式和表现手法上都对传统文学进行了革新，建立了新的文学体裁，在叙述角度、抒情方式、描写手段以及结构组成等方面，都有新的创造。

我国现代文学的主流是人民的文学，集中表现为大大加强了文学与人民群众的结合，文学与进步社会思潮及民族解放、革命运动的自觉联系，构成了我国现代文学的基本历史特点与传统。此时的文学，以表现普通人民生活、改造民族性格和社会人生为根本任务。

在创作实践上，我国现代文学中出现了从未有过的彻底反封建的新主题和新人物，普通农民与下层人民，以及具有民主倾向的新式知识分子，成为了文学主人公，充分展示了批判封建旧道德、旧传统、旧制度以及表现下层人民不幸、改造国民性与争取个性解放等全新主题。也是通过这些内涵和元素，现代文学对推动历史进步起到了独特作用。

我们已经跨入21世纪，今天的历史状况和时代主题与现代文学的成长背景存在巨大差异，但文学表现人物、反映社会、推动进步的主旨并没有改变，在此背景下，我们非常有必要重温现代文学的经验，吸取其有益的因素，开创我们新世纪的文学春天。我们编选《中国书籍文学馆·大师经典》丛书，精选鲁迅、郁达夫、闻一多、徐志摩、朱自清、萧红、夏丏尊、邹韬奋、鲁彦、梁遇春、戴望舒、郑振铎、庐隐、许地山、石评梅、李叔同、朱湘、林徽因、苏曼殊、章衣萍等我国现代著名作家的文学作品，正是为了向今天的读者展示现代文学的成就，让当代文学在与现代文学的对话中开拓创新，生机盎然。因为这些著名作家都是我国现代文学的开拓者和各种文学形式的集大成者，他们的作品来源于他们生活的时代，包含了作家本人对社会、生活的体验与思考，影响着社会的发展进程，具有永恒的魅力。

中国书籍出版社

2014年1月

朱湘简介

朱湘（1904～1933）字子沅，原籍安徽，生于湖南沅陵。我国现代著名诗人，一生致力探索我国新诗创作和外国诗歌的译介。

朱湘自幼天资聪颖，6岁时开始读书，7岁学作文，11岁入小学，13岁就读于南京第四师范附属小学。1919年，他入南京工业学校预科学习一年，受《新青年》的影响，开始赞同新文化运动。1920年，他进入清华大学，参加清华文学社活动。1922年，他开始在《小说月报》上发表新诗，并加入文学研究会。此后他专心于诗歌创作和翻译，同年在《小说月报》第一次发表新诗。

1925年，朱湘出版第一本诗集《夏天》。1926年，他自办刊物《新文》，只刊载自己创作的诗文及翻译的诗歌，并自己发行。后因经济拮据，只发行了两期。1926年，他与人合办《晨报·诗镌》。1927年9月，他去美国留学。留学期间，他先后在威斯康星州劳伦斯大学、芝加哥大学、俄亥俄大学学习英国文学等课程。

1929年8月，朱湘回国，应聘到安庆安徽大学任英国文学系主任，1932年夏天辞职。后飘泊辗转于北平、上海、长沙等地，以写诗卖文为生。因生活窘困，愤懑失望，朱湘于1933年12月5日晨在上海开往南京的船上投江自杀。

朱湘的诗“重格律形式，诗句精炼有力，庄肃严峻，富有人生哲学的观念，字少意远”。其中，他的代表作《有忆》更是做到了闻一多所提出的“三美”主张——音乐美，绘画美，建筑美。朱湘还写过不少散文随笔、诗歌批评，翻译介绍了不少外国名诗。

朱湘是一个极力主张新诗是可以歌唱的人，所以他的诗，音节方面大都有异常的成功，颇具音律之美，譬如他的《摇篮歌》。

朱湘的著作还有《有一座坟墓》《葬我》《雉夜啼》《梦》《序诗》《永言集》《中书集》《文学闲谈》《海外寄霓君》《朱湘书信集》《路曼尼亚民歌一斑》《英国近代小说集》《芭乐集》《番石榴集》等。

朱湘是一个性格独特、对艺术充满执着的诗人。

他去世后，被著名作家鲁迅称之为中国的济慈。著名作家罗念生说："英国的济慈是不死的，中国的济慈也是不死的。"

目录

诗歌

散文

文学馆

诗歌

朱湘精品选

短诗（七首）

笼鸟歌

我久废的羽翼复感到展飏，
五彩的朝云在我身边后驰；
万里长空都是供我飞的，
崇高的情绪泛溢了我的心池。

爆　竹

跳上高云，
惊人的一鸣；
落下尸骨，
羽化了灵魂。

夏　夜

时起凉风，
野草香飘来鼻中；
白光电幕，
抽于灰色的天空。

雨　前

等得不耐烦了，
蕉叶微微摆动；
　几只蜻蜓，
低飞过庭院中。

夏　院

　上面是天，
酪色的闲云滑行；
　下面有蜂，
射过寻蜜的呼声。

秋

宁可死个枫叶的红，
　灿烂的狂舞天空，

去追向南飞的鸿雁，
  驾着万里的长风！

当　铺

美开了一家当铺，
专收人的心；
到期人拿票去赎，
它已经关门！

死

隐约高堂，
惨淡灵床，
灯光一暗一充，
想着辉煌的已往。
　油没了，
　灯一闪，熄了。
蜿蜒一线白烟，
从黑暗中腾上。

废　园

有风时白杨萧萧着，
无风时白杨萧萧着；
萧萧外更不听到什么：

野花悄悄的发了，
野花悄悄的谢了；
悄悄外园里更没什么。

迟　耕

蓑衣斗篷放在田坎上，
——柳花飞了！
“牛，乖乖的让我安上犁，
你好吃肥肥的稻秸。”

她埋在屋后吧：
他的阴魂也安稳些；
宝宝们怎么？……
“牛，用力拖呵。”

颈子后面冰冷的，
——并不是汗？——
田那头走近好大一团乌云。
披起蓑衣，戴上斗篷吧。

“牛呵，快犁！
那不是秧鸡的声音？”

春

　画师的
一夜里春神轻拂雨丝的毛笔，
将大地染成了一片绿绢，
绢上画了一幅彩画；
海，伊的笔洗，也被伊搅起绿波了。

　农人的
秧田边一阵田鸡叫：
小二倒骑着水牛
高唱着秧歌的回来了。

　乐师的
蜜蜂嗎嗎将心事诉了，
久吻着含笑无言的桃花；

春风偷过茅篱
窸窣的，蜜蜂嗡的惊起了。

恋人的

你的眼珠是我的碧海，
你的双靥是我的蔷薇，
你的笑声是我的鸟鸣。
我的蔷薇呵，
生在我的心地上：
我的心地上是不老的青春！

弃妇的

春来了，
——但他却没来；
微雨阴阴，
这正是他踏落花西去之候。
小河，你活活的说些什么？
你是从他那里来的？

囚犯的

绿草没来这里，怕伤他的心。
屋里漆黑，他的日头已经落了。

老人的

好暖的阳光！
他慢腾腾的挪出了个小杌子。

皱脸上添些笑纹,
他看着河里两个泥水满脸的孩子:
他的春天回来了。

孤女的

林蕙的新衣真绿的可爱呵!
我也去掐片绿草罢。

诗人的

素娥深居于水晶宫内;
浓柳荫关不住夜莺赞颂的歌声,
紫地丁梨树俯首默祷的影子
落在黄色新茵上,长的短的。
看哪!那耀眼的不是月泪?
明日里这些泪珠,一粒里将长
出一朵鲜花,枝呵,茎呵,你
们真有福分!
就是柳荫下朦胧小草,他们
也看见一团团银波相招,要
引他们到彼岸,在那里白雾
的垂帷后安息。

宁静的夏晚

黑树影静立在灰色晚天的前面，
哑哑争枝的鸟啼已经倦的低下去了。
炊烟炉香似的笔直升入空际，
远田边农夫的黑影扛着锄头回来了。

这时候诗人虔诚的走到郊外，
来接受静默赐给他的诗思；
伊们是些跳动的珠形小白环，
他慢慢的将伊们绣在晚天的黑色薄纱上了。

等了许久的春天

我仿佛坐在一只船上，
摇过了灰白单调的荒岸，
现在淌入一片鸟语花香的境地；
我的船仿佛并未前进，
只看见两行绿柳伸过来，
一霎时将我抱进了伊的怀里。

北地早春雨霁

太阳只是灰云上一个白盘罢了，
他的光明却浸透了清朗的空中，
反映在地上雨水凹的上面。
黑干赭条的柳树安闲的立着，
仿佛等候着什么似的。
远近四处听到无数争喧的鸟声，
河水也活活起来了。

寄一多基相

我是一个惫殆的游人，
蹒跚于旷漠之原中，
我形影孤单，挣扎前进，
伴我的有秋暮的悲风。

你们的心是一间茅屋，
小窗中射出友谊的红光；
我的灵魂呵，火边歇下罢，
这下是你长眠的地方。

回　忆

纸窗下恬静的油灯，
室腰明，顶作圆形；
灯罩边仰首青年
神游于圆影的中心。

饽饽的吆呼远闻；
上房中假哭着阿鲲；
晚饭菜厨下炒着，
好一片有望的声音。

——那时间无虑无忧，
如今呵变了逃囚。
但仍亮你的，油灯，
你的圆仍可神游。

春　鸟

啼春之鸟，
我不知你是何名；
阴低云内
你啼声远近俱闻。

我想起家乡，
微雨中地地栽秧，
你啼天上，
秧歌音跟你悠扬。

南　归

（答赠恩沱了一三友）

我是一只孤独的雁雏
朔方冰雪中我冻的垂死；
忽然一晨亮起友情的春阳，
将我已冷的赤心又复暖起，

我的双翼回温而有力，
仿佛雪中人入了炭盆的室中；
已毙的印象复活于眼前，
有如走马灯上的人物憧憧。

我还不乘此奋飞而南，
飞回我梦中不敢思念的家乡？
虽说早春还有吼空的刀风，

那痛快之死不比这郁结之生远强？
许久朋友们一片好意，
他们劝我复进玉琢的笼门，
他们说带我去见济慈的莺儿，
以纠正我尚未成调的歌声；

殊不知我只是东方一只小鸟，
我只想见荷花阴里的鸳鸯，
我只想闻泰岳松间的白鹤，
我只想听九华山上的凤凰。

北地的玄冰吸尽我的热力，
我更无力量去大气里遨游；
在江南我虽或仍无奋飞的羽毛，
江南本身就是一片如梦的温柔。

江南的山鲜艳如出浴的美人，
这里的永远披着灰土的旧衣；
江南的水仿佛高笑的群儿，
这里的只是一人羸童寂寞的独嬉。

江南夏日有楼阴下莫愁湖荷，
一足的白鹭立于柳岸的平沙，
蝉声度过湖水，声音柔了：
归去罢！江南正是我的故家。

江南秋天有遮檐的桂树，
争蜜的蜂声仍噪于黄花这丛间；
江南冬季有浮于溪面的梅馨：
归去罢！江南正是我的故园。

和暖的春阳在江南留恋，
有如含情之倩女莲步舒徐；
伊在这里迫于狂途般匆匆归去，
随了伊归去罢！江南正是我的故居。

岁月流的真快，转瞬又到炎夏，
归去同游罢！艺术的燕燕，
归去同游罢！雏鹰与慈乌：
这地方不可久恋……

霁雪春阳颂

（甲子开岁二日，得雪，雪晴赋此）

雪的尸布将过去掩藏，
现在天东升上了朝阳，
看那！黄金染遍了千家白屋顶上；
瑶林里百鸟欢唱，
听那！万里内迎神的鞭炮齐扬！

热　情

忽然卷起了热情的风飙，
鞭挞着心海的波浪，鲸鲵；
如电的眼光直射进玄古；
更有雷霆作嗓，叫入无垠。

我们问：为什么星宿万千，
能够亘古周行，不相妨碍？
吸力，是吸力把它们牵住——
吸力中最强的岂非恋爱？

这无爱的地球罪已深重，
除去毁灭之外没有良方。
我们把它一脚踢碎之后，
展开双翼在大气内翱翔。

我们的热情消融去冰冻，
苏醒转月宫的白兔，桂花，
我们绑起斫情根的吴刚，
一把扔去填天狼的齿牙。

我们发出流星的白羽箭，
射死丑的蟾蜍，恶的天狗。
我们挥彗星的筱帚扫除，
拿南箕撮去一切的污朽。

我们把九个太阳都挂起，
一个正中，八个照亮八方：
我们要世间不再寒冷，
我们要一切的黑暗重光。

我们拿北斗酌天河的水，
来庆贺我们自己的成功。
在河水酌饮完了的时候，
牛郎同织女便永远相逢。

欢乐在我们的内心爆裂，
把我们炸成了一片轻尘，
看那像灿烂的陨星洒下，
半空中弥漫有花雨缤纷！

红　豆

在发芽的春天，
我想绣一身衣送伶，
上面要挑红豆，
还要挑比翼的双鸳——
但是绣成功衣裳，
已经过去了春光。

在浓绿的夏天，
我想折一枝荷赠伶，
因为我们的情
同藕丝一样的缠绵——
谁知道莲子的心
尝到了这般苦辛？

在结实的秋天，
我想拿下月来给怜，
代替她的圆镜
映照她如月的容颜——
可惜月又有时亏，
不能常傍着绣帏。

如今到了冬天，
我一物还不曾献怜，
只余老了的心，
像列烬明暗在灰间，
被一阵冰冷的风
扑灭得无影无踪！

少年歌

我们是小羊，
跳跃过山坡同草场，
提起嗓子笑，
撒开腿来跑：
活泼是我们的主张。

我们是山泉，
白云中流下了高岸；
谁作泾的溷？
流成渭的清，
才不愧我们的真面。

我们恨暮气，
恨一切衰朽的东西。

我们要永远
热烈同勇敢，
直到死封闭起眼皮。

我们是新人，
我们要翻一阕新声。
来呀，搀起手，
少年歌在口，
同行入灿烂的前程！

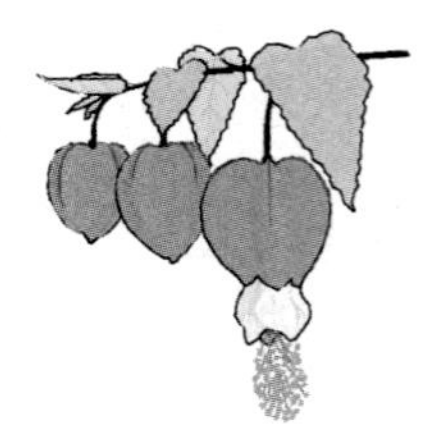

催妆曲

醒呀，从睡乡醒回，
晨鸡声呖呖在相催。
看呀，鸽子起来了。
她们在碧落里翻飞。

霞织的五彩衣裳
悬挂在弯弯月钩上；
日神也捧着金镜，
等候你起来梳早妆。

画眉在杏枝上歌：
画眉人不起是因何？
远峰尖滴着新黛，
正好蘸来描画双蛾。

杨柳的丝发飘扬，
她对着如镜的池塘；
百花是薰沐已毕，
她们身上喷出芬芳。

起呀！趁草际珠垂，
春莺儿衔了额黄归，
赶快拿妆梳理好。
起呀！鸡声都在相催！

哭孙中山

猩红的血辉映着烈火浓烟；
一轮白日遮在烟雾的后边；
杀气愁云弥漫了太空之内，
五岳三河上已经不见青天。

革命之旗倒在帝座的前方，
帝座上高踞着狞笑的魔王；
志士的头颅替他垒成脚垫，
四海哀呼，同声把圣德颂扬！

国体上的革命未能作到底，
便转过来革命自家的身体；
那知病魔的毒与恶魔相同，
我国的栋梁遂此一崩不起。

谁说他没有遗产传给后人？
他有未竟之业让大家继承。
他留下玻璃棺样明的人格；
他留下肝癌核样硬的精神。

让伟大的钟山给他作丘陇，
让深宏的江水给他鸣丧钟。
让他为国事疲劳了的筋骨
永息于四十里围的佳城中。

哭吧：因为我们的国医已亡。
此后有谁来给我们治创伤？
病夫！你瞧国医都死于赘疣，
何况你的身边有百孔千疮？

哭吧！让我们未亡者的哭声
应答着郊野中战鬼的哀音。
哭吧！因为镇鬼的钟馗已丧，
在昆仑山下魑魅更要横行。

但停住哭！停住五族的歔欷！
听哪：黄花岗上扬起了悲啼！
让死者的英灵去歌悼死者，
生人的音乐该是战鼓征鼙！

停住哭！停住四百兆的悲伤！
看哪：倒下的旗已经又高张！
看哪：救主耶稣走出了坟墓，
华夏之魂已到复活的辰光！

残　灰

炭火发出微红的光芒，
一个老人独坐在盆旁，
这堆将要熄灭的灰烬，
在他的胸里引起悲伤——
　　火灰一刻暗，
　　火灰一刻亮，
　火灰暗亮着红光。

童年之内，是在这盆旁，
靠在妈妈的怀抱中央，
栗子在盆上哔吧的响，
一个，一个，她剥给儿尝——
　　妈哪里去了？
　　热泪满眼眶，

盆中颤摇着红光。

到青年时，也是这盆旁，
一双人影并映上高墙，
火光的红晕与今一样，
照见他同心爱的女郎——
竟此分手了，
她在天那方？
如今也对着火光？

到中年时，也是这盆旁，
白天里面辛苦了一场，
眼巴巴的望到了晚上，
才能暖着火喝口黄汤——
妻子不在了，
儿女自家忙，
泪流瞧不见火光。

如今老了，还是这盆旁，
一个人伴影住在空房，
他趁着残灰没有全暗，
挑起炭火来想慰凄凉——
火终归熄了。
屋外一声梆，
这是起更的辰光。

弹三弦的瞎子

城市寂寥的初夜，
他的三弦响过街中。
是一种低抑的音调，
疲倦的申诉着微衷。

路灯黄色的光下，
有幻异的长影前横；
说不定他未觉到罢，
也说不定跟前一明。

寒气无声的拥来，
围起他单薄的衣裳，
他趁着心血尚微温，
弹出了颤鸣的声浪。

三弦抖动而呜悒，
哀鸣出游子的心胸。
无人见的暗里飘来，
无人见的飘入暗中。

端　阳

满城飘着艾叶的浓香；
两把菖蒲悬挂在门旁，
它们的犀利有如宝剑，
为要镇防五毒的猖狂。

这天酒里面都放雄黄，
家家无老少都拿酒尝；
儿童的额上画着王字；
唱不完的洒洒满一房。

孩子们穿着老虎衣裳，
粽子呀粽子，尽是呼娘，
娘，你带我瞧划龙船去，
好容易今天到了端阳！

日　色

　　灿烂呀
　金黄的夕阳：
云天上幻出扇形，
仿佛羲和的车轮
　　慢慢的
　沉没下西方。

　　秀苗呀
　嫩绿的晚空：
这时候雨阵刚过，
槐林内残滴徐堕，
　　有暮蝉
　嘶噪着清风。

　　富丽呀

猩红的朝暾：
绛霞铺满了青天，
晓风吹过树枝间，
露珠儿
摇颤着光明。

奇幻呀
善变的夕霞：
它好像肥皂水泡
什么颜色都变到，
又像秋
染遍了枝椏。

苍凉呀
大漠的落日：
笔直的烟连着云，
人死了战马悲鸣，
北风起，
驱走着砂石。

阴森呀
被蚀的日头：
一圈白咬着太阳，
天同地漆黑无光，

只听到
鼓翼的鸱鸺。

眼　珠

蝶翼上何以有双瞳？
雀尾上何以生眼睛？
　　谁知道？
　　谁知道
　她的眼珠呀
何以像明月在潭心？

月　游

　我骑着流星，
度过虹桥与天河，
　向月宫走近，
想瞧不老的嫦娥。

　水晶的宫殿，
关闭着两扇红门。
　有一棵桂树，
绿叶中漏下清芬。

　园里梅树下
一只兔子在捣霜；
　白蓬香气内
群鹅飘过了池塘。

妙龄的宫女
还记得杨家玉环，
霓裳羽衣曲
悠扬在宫殿中间。

老仆叫吴刚，
白须直垂到胸口；
他管修树枝，
一柄斧常拿在手。

他问知来意，
将我引进了深宫；
在白玉座前
我见了她的面容。

她不愁寒冷，
身披白狐的裘衣。
夏天餐百合，
冬天拿松子充饥。

我呈上贽仪，
这些是海里所藏：
大珠从龙颔，
小珠从鲛人眼眶；

我呈上贽仪，

这些是山中所拿：
　银花鹿的皮，
还有麝香与象牙；

　我呈上贽仪，
这些是地上所搜：
　珍珠梅，碧桃，
木笔，梨花，与绣球。

　我向她问道：
要是你不嫌啰唆，
　我情愿晓得
你避太阳是为何？

　太阳是金鸟，
九只里惟它独存，
　它背着后羿，
在我的后面紧跟。

　我又向她问
月亮圆缺的理由。
　圆的是妆镜，
弯的是白玉帘钩。

　她赠我月季，
花比美人还娇艳；

她赠我月饼，
霜作皮冰糖作馅。

象牙雕的车，
车前是一对绵羊，
是她送我的，
让我坐着回故乡。

我行过雪山，
行过冰川与云壑。
像一条白龙
瀑布从峰头坠落。

我的车翻了！
滑进了瀑流中间！
我忽然惊醒，
月光恰落在床前。

光明的一生

我与光明一同到人间，
光明去了时我也闭眼：
光明常照在我的身边。

太阳升上时我已起床，
我跟它落进睡眠的浪：
太阳照我在生动中央。

圆月在夜里窥于窗隙，
缺月映着坟上草迷离：
月光照我一生的休息。

扪　心

唯有夜半，
人间世皆已入睡的时光，
我才能与心相对，
把人人我我细数端详。

白昼为虚伪所主管，
那时，心睡了，
在世间我只是一个聋盲；
那时，我走的道路，
都任随着环境主张。

人声扰攘，
不如这一两声狗叫汪汪——
至少它不会可亲反杀，

想诅咒时却满口褒扬！

最可悲的是
众生已把虚伪遗忘；
他们忘了台下有人牵线，
自家是傀儡登场，
笑、啼都是环境在撮弄，
并非发自他的胸膛。

这一番体悟
我自家不要也遗忘，……
听，那邻人在呓语；
他又何尝不曾梦到？
只是醒来时便抛去一旁！

夜　歌

唱一支古旧，古旧的歌……
　膝胧的，在月下，
回忆，苍白着，远望天边
　不知何处的家……

说一句悄然，悄然的话……
　有如漂泊的风，
不知怎么来的，在耳语，
　对了草原的梦……

落一滴迟缓，迟缓的泪……
　与露珠一样冷，
在衣衿上，心坎上，不知
　何时落的，无声……

美　丽

美丽把装束卸下了，镜子
　知道它可是真的，还是谎；
　他对着灵魂，照见了真相，
照不见“善”“恶”——人造的名字。

不响，成天里他只是深思
　又深思——平坦在他的面上，
　还有冷静，明白；不是往常
那些幻影，与他们的美疵。

棹　歌

水　心

仰身呀桨落水中，对长空；俯首呀双桨如翼，鸟凭风。
头上是天，水在两边，更无障碍当前。
白云驶空，鱼游水中，快乐呀与此正同。

岸　侧

仰身呀桨落水中，对长空；俯首呀双桨如翼，鸟凭风。
树有浓阴，葭苇青青，野花长满水滨。
鸟啼叶中，鸥投苇丛，蜻蜓呀头绿身红。

风　朝

仰身呀桨落水中，对长空；俯首呀双桨如翼，鸟凭风。
白浪扑来，水雾拂腮，天边布满云霾。
船晃的凶，快往前冲，小心呀翻进波中。

雨　天

仰身呀桨落水中，对长空；俯身呀双桨如翼，鸟凭风。
雨丝像帘，水涡像钱，一片白色的烟。
雨势偶松，暂展朦胧，瞧见呀青的远峰。

春　波

仰身呀桨落水中，对长空；俯身呀双桨如翼，鸟凭风。
鸟儿高歌，燕儿掠波，鱼儿来往如梭。
白的云峰，青的天空，黄金呀日色融融。

夏　荷

仰身呀桨落水中，对长空；俯身呀双桨如翼，鸟凭风。
荷花的香，缭绕船旁，轻风飘起衣裳。
菱藻重重，长在水中，双桨呀欲举无从。

秋　月

仰身呀桨落水中，对长空；俯身呀双桨和翼，鸟凭风。
月在上飘，船在下摇，何人远处吹箫，
芦荻丛中，吹过秋风，水蚓呀应着寒蛩。

冬　雪

仰身呀桨落水中，对长空；俯身呀双桨如翼，鸟凭风。
雪花轻飞，飞满山隈，飞向树枝上垂。
到了水中，它却消溶，绿波呀载过渔翁。

还　乡

一

暮秋的田野上照着斜阳，
长的人影移过道路中央；
干枯了的叶子风中叹息，
飘落在还乡人旧的军装。

哇的一只乌鸦飞过人头；
鸦雏正在那边树上啁啾，
他们说是巢温，食粮也有，
为何父亲还在外边漂流？

金星与白烟向灶突上腾，

屋中响着一片切菜声音，
饭的浓香喷出大门之外；
看着家的妇女正等归人。

他的前头走来一个牧童，
牵着水牛行过道路当中，
牧童瞧见他时，一半害怕
一半好奇似的睁大双瞳。

他想起当初的年少儿郎，
弯弓跑马，真是意气扬扬；
他们投军，一同去到关外，
都化成白骨死在边疆。

一个庄家在他身侧过去，
面庞之上呈着一团乐趣；
瞧见他的时候却皱起眉，
拏敌视的眼光向他紧觑。

这也难怪：二十年前的他
瞧见兵的时候不也咬呀?
好在明天里面他就脱下，
脱下了军服来重作庄家。

青色的远峰间沉下太阳，
只有树梢挂着一线红光；

暮烟泛滥平了谷中，田上；
虫的声音叫得游子心伤。

看哪，一棵白杨到了眼前，
一圈土墙围在树的下边；
虽说大门还是朝着他闭，
欢欣已经涨满他的心田。

他想母亲正在对着孤灯，
眼望灯花心念远行的人；
父亲正在瞧着茶叶的梗，
说是今天会有贵客登门。

他记起过门才半月的妻，
记起别离时候她的悲啼；
说不定她如今正在奇怪，
为何今天尽是跳着眼皮。

想到这里时候一片心慌，
悲喜同时泛进他的胸膛，
他已经瞧不见眼前的路，
二十年的泪呀落下眼眶！

二

大门外的天光真正朦胧；

大门里的人也真正从容，
剥啄，剥啄，任你敲的多响，
你的声音只算敲进虚空。

一条狗在门内跟着高叫，
门越敲得响时狗也越闹；
等到人在外面不再敲门，
里面的狗也就停止喧噪。

谁呀？里面一丝弱的声浪
响出堂屋，如今正在阶上。
谁呀？外边是否投宿的人？
还是哪位高邻屈驾光降？

娘呀，是我，并非投宿的人；
我们这样贫穷哪有高邻？
（娘年老了，让我高声点说：）
我呀，我呀，我是娘的亲生！

儿吗？你出门了二十多年，
哪里还有活人存在世间？
哦，知道了，但娘穷苦的很，
哪有力量给你多烧纸钱？

儿呀，自你当兵死在他乡，
你的父亲妻子跟着身亡；

儿呀，你们三个抛得我苦，
留我一人在这世上悲伤！

娘呀，我并不是已亡的人！
你该听到刚才狗的呼声，
我越敲门它也叫得越响；
慢悠悠的才是叫着鬼魂。

儿呀，不料你是活着归来，
可怜媳妇当时吞错火柴！
儿呀，虽然等到你回乡里，
我的眼睛已经不得睁开！

让我拿起手来摸你一摸——
为何你的脸上瘦了许多？
儿呀，你听夜风吹过枯草，
还不走进门来歇下奔波？

柴门外的天气已经昏沉，
天空里面不见月亮与星，
只是在朦胧的光亮之内
瞧见草儿掩着两个荒坟。

梦

——尾声

这人生内岂惟梦是虚空？
人生比起梦来有何不同？
你瞧富贵繁华入了荒冢；
　　梦吧，
作到了好梦呀味也深浓！

酸辛充满了这人世之中，
美人的脸不常春花样红，
就是春花也怕飞霜结冻；
　　梦吧，
梦境里的花呀没有严冬！

水样清的月光漏下苍松，

山寺内舒徐的敲着夜钟，
梦一般的泉声在远方动；
　　梦吧，
月光里的梦呀趣味无穷！

酒样酽的花香熏得人慵，
蜜蜂在花枝上尽着嘤嗡，
一阵阵的暖风向窗内送；
　　梦吧，
日光里的梦呀其乐融融！

茔圹之内一点声息不通，
青色的圹灯光照亮朦胧，
黄土的人马在四边环拱；
　　梦吧，
坟墓里的梦呀无尽无终！

春　歌

不声不响的认输了，冬神
收敛了阴霾，休歇了凶狠……
嘈嘈的，鸟儿在喧闹——
一个阳春哪，要一个阳春！

水面上已经笑起了一涡纹；
已经有蜜蜂屡次来追问……
昂昂的，花枝在瞻望——
一片瑞春哪，等一片瑞春！

好像是飞蛾在焰上成群，
剽疾的情感回旋得要晕……
纠纠的，人心在颤抖——
一次青春哪，过一次青春！

答　梦

我为什么还不能放下？
因为我现在漂流海中，
你的情好像一粒明星
垂顾我于澄静的天空，
吸起我下沉的失望，
令我能勇敢的前向。

我为什么还不能放下？
是你自家留下了爱情，
他趁我不自知的梦里
顽童一样搬演起戏文——
我真愿长久在梦中，
好同你长久的相逢！

我为什么还不能放下？
我们没有撒手的辰光：
好像波圈越摇曳越大，
虽然堤岸能加以阻防，
湖边柳仍然起微颤，
并且拂柔条吻水面。

情随着时光增加热度，
正如山的美随远增加；
棕榈的绿阴更为可爱
当流浪人度过了黄沙：
爱情呀，你替我回话，
我怎么能把她放下？

摇篮歌

春天的花香真正醉人，
一阵阵温风拂上人身，
你瞧日光它移的多慢，
你听蜜蜂在窗子外哼：
　　睡呀，宝宝，
蜜蜂飞的真轻。

天上瞧不见一颗星星，
地上瞧不见一盏红灯；
什么声音也都听不到，
只有蚯蚓在天井里吟：
　　睡呀，宝宝，
蚯蚓都停了声。

一片片白云天空上行，
像是些小船飘过湖心，
一刻儿起，一刻儿又沉，
摇着船舱里安卧的人：
　　睡呀，宝宝，
你去跟那些云。

不怕它北风树枝上鸣，
放下窗子来关起房门；
不怕它结冰十分寒冷，
炭火生在那白铜的盆：
　　睡呀，宝宝，
挨着炭火的温。

小　河

白云是我的家乡，
松盖是我的房檐。
父母，在地下，我与兄姊
并流入辽远的平原。

我流过宽白的沙滩，
过竹桥有肩锄的农人；
我流过俯岩的面下，
他听我弹幽涧的石琴。

有时我流的很慢，
那时我明镜不殊，
轻舟是桃色的游云，
舟子是披蓑的小鱼；

有时我流的很快，
那时我高兴的低歌，
人听到我走珠的吟声，
人看见我起伏的胸波。

烈日下我不怕燥热：
我头上是柳荫的青帷；
旷野里我不愁寂寞：
我耳边是黄莺的歌吹。

我掀开雾织的白被，
我披起红縠的衣裳，
有时过一息轻风，
纱衣玳帘般闪光。

我有时梦里上天，
伴着月姊的寂寥；
伊有水晶船素心
吸我腾沸的爱潮。

草妹低下头微语：
“风姊送珠衣来了。”
两岸上林语花吟，
赞我衣服的美好。

为什么苇姊矮了？
伊低身告诉我春归。
有什么我可以报答？
赠伊件嫩绿的新衣。

长柳丝轻扇荷风，
绿纱下我卧看云天：
蓝澄澄海里无波，
徐飘过突兀的冰山。

西风里燕哥匆别，
来生约止不住柳姊的凋丧。
剩疏疏几根灰发，
——云鬓？我替伊送去了南方。

我流过四季，累了，
我的好友们又都已凋残，
慈爱的地母怜我，
伊怀里我拥白絮安眠。

采莲曲

　小船呀轻飘，
杨柳呀风里颠摇；
　荷叶呀翠盖，
荷花呀人样娇娆。
　　日落，
　　微波，
金丝闪动过小河。
　　左行，
　　右撑，
莲舟上扬起歌声。

　菡萏呀半开，
蜂蝶呀不许轻来，
　绿水呀相伴，

清净呀不染尘埃。
　　溪间
　　采莲，
水珠滑走过荷钱。
　　拍紧，
　　拍轻，
桨声应答着歌声。

　藕心呀丝长，
羞涩呀水底深藏：
　不见呀蚕茧
丝多呀蛹裹中央？
　　溪头
　　采藕
女郎要采又夷犹。
　　波沉，
　　波生，
波上抑扬着歌声。

　莲蓬呀子多：
两岸呀榴树婆娑，
　喜鹊呀喧噪，
榴花呀落上新罗。
　　溪中
　　采蓬，
耳鬓边晕着微红。

风定，
风生，
风飏荡漾着歌声。

升了呀月钩，
明了呀织女牵牛；
薄雾呀拂水，
凉风呀飘去莲舟。
花芳
衣香
消融入一片苍茫；
时静
时闻
虚空里袅着歌音。

葬　我

葬我在荷花池内，
耳边有水蚓拖声，
在绿荷叶的灯上
萤火虫时暗时明——

葬我在马缨花下，
永作着芬芳的梦——
葬我在泰山之巅，
风声呜咽过孤松——

不然，就烧我成灰，
投入泛滥的春江，
与落花一同漂去
无人知道的地方。

昭君出塞

琵琶呀伴我的琵琶：
趁着如今人马不喧哗，
　只听得啼声答答
我想凭着切肤的指甲
　弹出心里的嗟呀。

琵琶呀，伴我的琵琶：
这儿没有青草发新芽，
　也没有花枝低桠；
在敕勒川前，燕支山下，
　只有冰树结琼花。

琵琶呀伴我的琵琶：
我不敢瞧落日照平沙，

　雁飞过暮云之下，
不能为我传达一句话
　到烟霭外的人家。

琵琶呀伴我的琵琶：
记得当初被选入京华，
　常对着南天悲咤：
那知道如今去朝远嫁，
　望昭阳又是天涯。

琵琶呀伴我的琵琶：
你瞧太阳落下了平沙，
　夜风在荒野上发，
与一片马嘶声相应答，
　远方响动了胡笳。

雨　景

我心爱的雨景也多着呀：
春夜春梦时窗前的淅沥；
急雨点打上蕉叶的声音；
雾一般拂着人脸的雨丝；
从电光中泼下来的雷雨——
但将雨时的天我最爱了。
它虽然是灰色的却透明；
它蕴着一种无声的期待。
并且从云气中，不知哪里，
飘来了一声清脆的鸟啼。

有一座坟墓

　有一座坟墓，
坟墓前野草丛生，
　有一座坟墓，
风过草像蛇爬行。

　有一点萤火，
黑暗从四面包围，
　有一点萤火，
映着如豆的光辉。

　有一只怪鸟，
藏在巨灵的树荫，
　有一只怪鸟，
作非人间的哭声。

　　有一钩黄月，
在黑云之后偷窥，
　　有一钩黄月，
忽然落下了山隈。

雌夜啼

　月呀，你莫明，
莫明于半虚的巢上；
　我情愿黑夜
来把我的孤独遮藏。

　风呀，你莫吹，
莫吹起如叹的叶声：
　我怕因了冷
回忆到昔日的温存。

　露水滴进巢，
我的身上一阵寒栗。
　猎人呀，再来：
我的生趣已经终毕！

有　忆

淡黄色的斜晖
转眼中不留余迹。
一切的扰攘皆停，
一切的喧嚣皆息。

入了梦的乌鸦
风来时偶发喉音；
和平的无声晚汐，
已经淹没了全城。

路灯亮着微红，
苍鹰飞下了城堞，
在暮烟的白被中
紫色的钟山安歇。

寂寥的街巷内，
王侯大第的墙阴，
当的一声竹简响，
是卖元宵的老人。

猫　诰

有一只老猫十分的信神，
连梦里他都咕哝着念经。
想必是夜中捉老鼠太累，
如今正午了都还在酣睡。
幸亏他的公子过来呼唤，
怕父亲错过了鱼拌的饭。
他爬起来把身子摇几摇，
耸起后背伸了一个懒腰；
他的生性是极其爱清洁，
他拿一双手掌洗脸不歇。
现在离用膳还有半小时。
他想，教完子再去也不迟。
他吩咐小猫侍坐在堂下，
便正颜厉色的开始说话：

　仁儿，你已到了及冠之年，
有光明的未来在你面前，
父总是希望子光大家门，
何况我猫家本来有名声？
我自惭一生与素餐为伍，
我如今只望你克绳祖武，
令我猫氏这大家不中落，
那我在泉下听了也快活。
　第一我要谈猫氏的支分，
这些话你听了务必书绅：
我姓之起远在五千年上，
那时候三苗对尧舜反抗，
三苗便是我猫家的始祖，
他是大丈夫，不屈于威武。
但拿西方的科学来证明，
那猫姓的玄古更令人惊：
地质家说是我猫姓之起
离现在已经有五万世纪；
并且威名震四方的山王
都是我猫家的一个同房。
还有一别支是猫头鹰公，
他同我家祖上是把弟兄。
他们所以会结成了金兰，
是因眼睛同样的大而圆。
他在中州时郁郁不得意，
被一班迷信的人所远避，

气得追踪征西的班定远，
跑去了西域之西的雅典，
在那地方他的运气真好，
被主城的女神封作智鸟。
常言道东西的民族同源，
瞧我姓的沿革知非虚言。
　我姓因为从三苗公起头
便同中国的帝王结了仇，
所以一直皆是卷而藏之，
将不求闻达的宗旨坚持。
　猫家人才算得天之骄子，
那班白种人何足以语此：
因为他们把时计制造成，
不过是近百年来的事情，
但我们在这五百万年中
一直是用着计时的双瞳。
至于我猫家人蓄的短髭——
（说时候他摸嘴边的几丝，
仁儿也捏着新留的数根，
以表示自家是少年老成）
更算得一切医药的滥觞，
神农学了乖去便成帝王。
吁，小子！尔其慎志父之言，
庶先王之丕烈藉兹流传——
　说到了此处时忽闻声响，
他停住了口不再朝下讲；

他的两眼中放射出光明，
屏着呼吸，不吐一丝声音。
有如，电光忽然照亮天空，
接着黑云又把天宇密封，
震撼全球的雷一声爆炸，
把摩云的古木立时打下：
同样，老猫跳去了箱子边，
一条老鼠已衔在牙缝间。
　等到整条老鼠已经吞尽，
他又向着仁儿开始教训：
我猫家人个个谙习韬略，
只瞧我刚才的出如兔脱。
须知强权是近代的精神，
谈揖让便不能适者生存。
孔子虽曾三月不知肉味，
佛虽言杀生于人道有悖，
但是西方的科学在最近
证明了肉质富有维他命。
并且受人之禄者忠其主，
家主养我们本来为擒鼠；
因为鼠虽然怕我们捉拿，
讲卫生的人类却极怕他。
我们于人类这般有功劳，
不料广东人居然会吃猫！
（注：不料精于味的广东人
居然赏识秀才变的酸丁。）

唉！负心的人今不少似古，
岂止是杀韩信的汉高祖？
所以我家主人如去广东，
那时候你切记着要罢工。

话才说到这里，忽闻呼唤，
原来是厨娘请去用午膳。
老猫停止了训诲，站起身，
小猫也垂着头在后紧跟。

行不多时，已经到了厨房：
有火腿同腌鱼悬挂走廊，
靠墙摆设着水缸与鸡笼，
有些枯菜的须撒在院中；
公鸡在瞅天，小鸡在奔跳，
母鸡哼的歌儿拖着长调，
群鹅有的伸颈，有的踱步，
一条狗来往的闻个不住；
锅里的青菜正在争论忙；
院中弥漫着燉肉的浓香。

老猫真不愧为大腹将军，
折冲樽俎时特别有精神。
不幸他们饭才吃了一半，
便有那条狗来到了身畔；
他毫不作礼的将猫挤走，
片时间鱼饭都卷进了口。
老猫直气得将两眼圆睁，
他一壁向狗呼，一壁退身。

小猫也跟着退出战阵外，
他恭听老猫最后的诰诫：
有一句话终身受用不竭，
便是老子说的大勇若怯！

王　娇

一

上灯节已经来临，
满街上颤着灯的光明：
红的灯挂在门口，
五彩的龙灯抬过街心。

星斗布满了天空，
闪着光，也像许多灯笼。
灯烛光中的杨柳
白得与银丝的缕相同。

满城中锣鼓喧阗，

还有鞭爆声夹在中间，
游人的笑语嘈杂：
惊起了栖禽，飞舞高天。

黑暗里飘来花芳，
消溶进一片暖的衣香；
四下里钗环闪亮；
娇媚呈于喜悦的面庞。

听呀，听一声欢呼——
空中忽喷上许多白珠！
这是哪儿放焰火，
还是陨星飘洒进虚无？

是在周侯府前头
扎起了一座五彩牌楼，
灯笼各样的都有，
烛光要燃到天亮方休：

便是在这儿放花，
便是在这儿起的喧哗——
但是欢笑声忽静，
原来新的花又已高拿。

他们再也不想睡，
他们被节令之酒灌醉；

笑谑悬挂在唇边，
他们的胸中欢乐腾沸。

但是烛渐渐烧残，
人的喉咙也渐渐叫干；
在灯稀了的深巷
已有回家的取道其间。

这是谁家的女郎？
她的脚步为何这样忙？
原来不是独行的，
还有两个女伴在身旁。

她们何以这般快？
哦，原来在五十步开外
有两个男子紧跟：
险哪！这巷中别无人在！

咦，她们未免多心：
你瞧那两个紧跟的人
已经走上前面去——
不好了！他们忽然停身！

他们拦住了去道，
凶横的脸上呈出狡笑；
他们想女子可欺，

走上前去居然要搂抱。

女郎锐声的呼号，
但是沉默紧围在周遭，
一点回响也没有——
只听得远方偶起喧嚣。

她们定归要堕网：
你看奸人又来了同党。
两个她们已不支，
添上三个时何堪设想？

三人内一个领头，
烛光下显得年少风流；
他哪是什么狂暴，
他是个女郎心的小偷！

仆从听他的指挥，
不去那两人的后面追，
只是恭敬的站着，
等候把三个女郎送回。

“姐姐们请别害怕——”
他还没有说完这句话，
就张了口停住：呀！
他遇到了今世的冤家！

正站在他的面前——
这是凡人呀还是神仙？——
是一个妙龄女子；
她的脸像圆月挂中天。

额角上垂着汗珠，
它的晶莹珍珠也不如；
面庞中泛着红晕，
好像鲛绡笼罩住珊瑚。

一双眼有夜的深，
转动时又有星的光明；
它们表现出欣喜，
表现出一团感谢的心。

“请问住在哪条街？
如何走进了这条巷来？
侥幸我刚才走过——
不送上府我决不离开。”

“这个是我的姨妹——”
她手指的女郎正拭泪；
“奇怪，不见了春香！”
春香原来躲在墙阴内。

好容易唤出巢窠，
出来时候仍自打哆嗦；
哭的女郎笑起来，
她的主人也面露微涡。

等到过去了惊慌，
又多嘴：“我家老爷姓王。
这是曹家姨小姐。
这是一家都爱的姑娘。

两位姑娘要看灯，
大家都抢着想跟出门；
早知道现在如此，
当时我也不会去相争。

贵姓还不曾请教？”
“我家周侯府谁不知道？
今夜不是有放花？
那就是少爷使的钱钞。”

杏花落上了身躯，
夜半的寒风正过墙隅。
“王家姐姐怕凉了。
我们尽站着岂非大愚？”

他跟在女郎身旁.

时时听到窸窣的衣裳；
　女郎鬓边的茉莉，
时时随了风送过清香。

　他故意脚步俄延，
惟愿这人家远在天边，
　一百年也走不到——
不幸她的家已在眼前。

　一声多谢进了门，
他们正要分开的时辰，
　她转身又谢一眼——
哎！这一眼可摄了人魂！

　一团热射进心胸，
脸上升起了两朵绯红——
　等到他定睛细着，
女郎已经是无影无踪。

　他慢腾腾地走开，
走不到三步，头又回来；
　仆人彼此点头笑，
只在他两边跟着徘徊。

　“女郎呀，你是花枝，
我是一条飘荡的游丝，

　只要能黏附一刻，
就是吹断了我也不辞。

　要说是你真有心，
为何你对我并不殷勤？
　要说是你真无意，
为何眼睛里藏着深情？

　可恨呀无路能通，
知道哪一天可以重逢？
　牵牛星呀，我妒你，
我妒你偷窥她的房栊！”

　“少爷，四边没有人，
你的这些话说给谁听？
　天都亮了，回去吧，
你听东方业已有鸡鸣。”

二

时光真快，已到梅雨期中：
阴沉的毛雨飘拂着梧桐，
一夜里青苔爬上了阶砌，
卧房前整日的垂下帘栊。

稀疏的檐滴仿佛是秋声，

忧愁随着春寒来袭老人；
何况妻子在十年前亡去，
今日里正逢着她的忌辰。

十年前正是这样的一天，
在傍晚，蚯蚓嘶鸣庭院间，
偶尔有凉风来撼动窗槅，
他们永别于暗淡的灯前。

他还历历记得那时的妻：
一阵红潮上来，忽睁眼皮，
接着喉咙里发响声，沉寂——
颤摇的影子在墙上面移。

三十年的夫妻终得分开，
在冷雨凄风里就此葬埋；
爱随她埋起了，苦却没有，
苦随了春寒依旧每年来。

还好她留下了一个女娃，
晶莹如月，娇艳又像春花；
并且相貌同母亲是一样，
看见女儿时就如对着她。

虽然貌美，并不鄙弃家常，
光明随了她到任何地方：

好像流萤从野塘上飞过，
白蘋绿藻都跟着有辉光。

他因为是武官，并且年高，
一切的文书都教她捉刀：
这又像流萤低能趁磷火，
高也能同星并挂在青霄。

她好比柱子支撑起倾斜，
有了这女儿他才少苦些，
不然他早已随了妻子去，
正这样想时，门口一声：“爹，

信写成了。爹怎么又泪悬？
老人的情绪经不起摧残。
爹难道忘了娘临终的话？
爹苦时娘在地下也不安！”

“咳，娇儿，泪不能止住它流；
你来了，我倒宽去一半愁。
信写成了？拿过来给我看。
是军事，立刻要差人去投。

唉，为这个我忙到六十余，
但至今还是名与利皆虚；
只瞧着一班轻薄的年少，

驾起了车马，修起了门闾。

如今是老了，好胜心已无，
从前年少时候胆气却粗，
那时我常常拍着案高叫：
‘我比起他们来那样不如？’

她那时总劝我别得罪人，
总拿话来宽慰，教我小心——
咳，人已去了世，后悔何及？
当时我竟常拿她把气平！

等我气平了向她把罪赔，
她只说：‘以往的事不能追，
雷呀，脾气大了要吃亏的，
我望你今天是最后一回。’”

女儿说：“这种时候并不多，
爹何必为它将自己折磨？
听说当时娶娘来很有趣，
爹向我谈谈到底是如何？”

光明忽闪出深陷的眼眶，
老人的目前涌现一女郎，
他那时正年少，箭在弦上，
从空中射落了白鸽一双；

养鸽的人家对他表惊奇，
没有要赔，并且毫不迟疑
把喂这一双鸽子的幼女，
嫁给了射鸽子的人作妻。

他想起了闺房里的温柔，
想起了卅年的同乐同忧，
想起了妻子添女的那夜，
他多么喜，又多么为妻愁。

这些他都说给了女儿听；
他还说当初给女儿定名，
争了大半天才把它定妥，
因为他的意思要叫昭君。

他又说："娘生你的那一天，
梦见一只鸾在天半蹁跹，
西落的太阳照在毛羽上，
青中现红色，与云彩争鲜；

颈上有一个同心结下垂，
是红丝打的，她一面高飞，
一面在空中啭她的巧舌，
那声音就像仙女把箫吹。

忽然漫天的刮起一阵风，

把鸟吹落在你娘的当胸，
她大吃一惊，从梦里醒转；
便是如此，你进了人世中。

你小时无人见了不喜欢，
抓周时你拿起书同尺玩，
我最爱你那时手背的凹，
同嘴唇中间娇媚的弓弯。

到五岁上娘就教你读书，
真聪明，背得一点不模糊，
我还记得在灯檠的光下，
你们母女同把诗句咿唔。

你娘同我们撒手的那时，
你才九岁，还是一片娇痴。
唉，那刻妻子去了孩儿小，
我心中的难受哪有人知！

从此只留下父女两个人，
同受惊慌，彼此安慰心魂。
幸喜三载前你年交十六，
已能帮曹姨把家务分承。

知名的闺秀古代也寥寥，
武的只有木兰，文的班昭；

但是谁像你这般通文墨，
家中的事务也可以操劳？

担子这般重总愁你难驮，
我已请了一个书吏，姓何，
从明天起你就可以停下，
免得光阴都在这里消磨。

你如今已到待字的年华，
男大须婚，女大须定人家。
门户不谈，人品总要端正，
但一班的少年只见浮夸。

武职是大家轻视的官差，
几时看见媒人上我门来？
不管你才情，也不管容貌，
钱，你有了钱别人就眼开。

你身上我决不放松一些，
我不情愿你将来埋怨爹，
我要寻配得上你的佳婿，
文才不让你，人也要不邪，

我无时不将此事记在心，
我常常记着你娘的叮咛，
她说：‘我们只生了一个女，

这个女儿别配错了婚姻。’

你是明白的，总该会思量，
这桩事我正想与你相商：
不知道我家的亲戚里面，
可有中你心意的少年郎？”

她听到这些话十分害羞，
只是低下颈子来略摇头，
答道：“爹，不要再谈这些话，
除了侍候爹我更无所求。”

“也真的：拿你嫁这种人家，
就好比拿凤凰去配乌鸦。
我何尝不情愿你在身侧——
总得找人来培养这枝花。”

“女儿也看过些野史诗篇，
无处不逢到薄命的红颜；
何况爹老了，又孤单的很，
我只要常跟在爹的身边。”

一颗颗的泪点滴下白须，
他哽咽着说：“娇儿，你太迂。
你年纪大了，我怎能留住？
只望你们别将我弃屋隅。”

房里寂然，只闻父女同悲；
疏疏的春雨轻洒着门靡，
不知是湖边，还是云雾里，
杜鹃凄恻的叫过，不如归！

三

南风来了，梅雨驱散，
　天的颜色显得澄鲜，
绿荫密得如同帷幔，
　蝉声闹在绿荫里边，
太阳把金光乱洒下人间。

麦田里边翻着金浪，
　四周绕着青的远峰，
鸟在林内齐声歌唱，
　豆花的香随了暖风，
吹遍了一片田野的当中。

乡下的原野越热闹。
　坡中的庭院越清幽：
一树浓荫将它笼罩，
　竹帘上绿影往来游，
只偶尔有蜂向窗槅上投。

从房顶的明瓦里面

偷下来了一条日光，
这条日光移得真慢，
光中群动无声的忙；
幽暗里钻出来一缕炉香。

书案边静坐着女郎；
一阵困倦侵入胸内，
幻影在她前面飞扬，
水在壶中单调的沸，
暖风轻轻拂来，催她入睡。

忽听得男子的脚步，
她忙把已落的头抬；
她想起父亲的嘱咐，
忙把已闭的眼睁开，
替她的书吏是在今天来。

她瞧见书吏的模样，
不觉心中暗吃一惊，
这正是灯节的晚上
把她救了的少年人！
她迟疑的问道：“尊姓大名？”

“我的名字是何文迈。”
“这口音与那晚正同！”
她见仆人走出房外，

不觉腮中晕起微红，
但在外面还假装出从容。

她等书吏坐下，问道：
“周家公子是个贵人，
为何把富与贵扔掉，
不肯在侯府作郎君，
卑躬屈节的来光降蓬门？”

“既知道了何必遮掩？
这都是为你呀，女郎。
我自从那夜里相见，
回了家后饮食俱忘。
我连作梦都想着来身旁。

形骸看着消瘦下去，
精神一天弱似一天。
不见时活着觉无趣；
如今见了才像从前。
女郎呀，你总该可以垂怜？”

“公子这样家中跑出，
难道是忘记了爹妈？
说不定他们正在哭，
急得把天呼，把发抓，
怕公子去世了，永不回家。

又难道忘记了身份？
书吏的事情作得来？
竟为女子荒废学问，
把无量的前程扔开？
回去罢，请别在这里延捱。

我不是公子的朋友——
可恨我生来是女身。
可怕呀，悠悠的众口。
何况我要侍奉父亲。
回去罢，请别在这里留停。”

“教我离开未尝不可，
我不愿使你担恐慌：
但我不见得能多活，
到那时万一我死亡。
即非有心呀你岂不悲伤？

死去了也未尝不好，
只要你珠泪为我流；
然而活着岂不更妙？
女郎呀，别转过双眸。
除了相见外我别无所求。”

他见女郎一声不应，
知道她已经不留难，

这不作声便是默认，
他真说不出的喜欢。
他问道："我来府上的时间

以为先与令尊相见——"
"从前我替爹管文书；
侥幸今天卸了重担，
从此我不须费功夫，
再来这面书房里把鸦涂。"

"原来姐的文墨也妙，
那我真要拜作先生：
我自然不敢当逸少，
但姐真不愧卫夫人。
请容我永远拜倒在师门。"

浅的笑涡呈在双颊，
她说不出来的娇羞。
他们都觉得没有话，
都向窗外转过了头，
他们望蛛丝在日光里游。

他们瞧见一双蝴蝶，
忽高忽下，追着游嬉。
飞得高，便上了蕉叶；
飞得低，便与地相齐。

只可惜不闻它们的笑啼。

她转身望周生一眼，
不料周生正在瞧她；
绯红晕上了她的脸，
心中懊悔事情作差，
匆匆的出了房，推说绣花。

他望着女郎的后影，
女郎的罗袜与金钗。
他的心中又喜又闷——
闷的是何时她再来，
喜的是情已进了她胸怀。

四

巧夕已经到了夜半，
王娇还在倚着楼窗。
她抬头，见双星灿烂；
低头，见叶里的灯光。

杨柳枝低下头微喟，
幽静里飘过一丝风；
偶听到鱼儿跃池内，
沉寂将她催进梦中。

她梦见天孙是自己，
　面对着汹涌的银河，
河的两头连到云里，
　时有流星落进洪波。

一座桥横跨在河上，
　白石地，檀木的阑干。
喜鹊在桥楼上欢唱，
　一盏红灯悬挂楼前。

心在胸口蓬蓬的跳，
　她要知道牛郎是谁。
她依稀听得有牛叫，
　她打开南向的窗扉。

远方不是一团黑影？
　近了，近了，还是模糊。
等到形貌依稀可认，
　她不禁失了声惊呼，

“这不是——”“是我呀，小姐。
　我便是小姐的春香，”
她睁眼见丫鬟，并且——
　周生也当真在前方！

“春香，这是醒呀是梦？”

春香不答，只是嘻嘻。
她再看周生，也不动，
只是不安的把头低。

闪电般她恍然大悟，
心在胸中又跳起来；
惊慌，懊恼，羞惭，愤怒，
同时呈上她的双腮。

她把丫头严加申斥，
说她不该引进生人；
她又责周生不老实，
责他是轻薄的书生。

她说："我当初是怜惜，
不料如今你竟忘怀。
我的为难你不思及，
你竟任性进我房来。"

丫鬟捱了骂，撅起嘴，
"这都是你闯祸，少爷。
如今好了：唉，我的腿
到明天一定要打瘸。"

周公子也埋怨丫头：
"谁教你说姑娘有意？

不然，我怎会来绣楼？
　你真能忍心将人戏。”

“我的言语哪句不真？
　谁向你这种人撒谎？
去罢，去罢。如今怨人，
　是假的当初怎不讲？

瞧，瞧，你又不肯下楼。
　瞧那尊容上的怪相。”
“不，不，我要问清原由，
　免得姑娘说我轻荡。

不用忙。你先将气平，
　话是真的不妨再说。
我问你：姑娘可有心？
　我可是冒昧来闺阁？”

一则埋怨小姐乔装，
　二则恐慌已经过去，
这丫鬟又开始唠叨，
　她把从前的事详叙：

“小姐，你已经忘记掉：
　那早晨我替你梳妆，
你一边拿着铜镜照，

一边瞧镜里的面庞。

你问我，眼睛没有转，
‘春香，你瞧我该配谁？’
我说‘师爷，可惜穷点。’
你红着脸一语不回。

一晚我从床上滚下，
正摸着碰疼了的头，
忽然听到你说梦话，
别的不闻，只听说，‘周……’”

如今是轮到她羞涩，
轮到她红脸，把头低；
但是丫鬟不顾，续说：
“我从那时起就心疑。

直到今天听见他讲，
才知小侯爷作书班，
才知何文迈是撒谎；
到了今天我才恍然，

到了今天我才知悉，
为什么有时你睡迟，
一个人对着灯叹息，
手里拿着笔写新诗。”

女郎听着，又羞又恼，
　呵丫头，“还不去后房！”
但是同时又改口道，
　“等在这里，我的春香。”

“我还是先去后房睡：
　省得明早又像从前，
你起床了，朝着我啐，
　‘瞌睡虫，别尽着贪眠！’”

房中只剩他们两个。
　她垂下头，身倚窗棂：
她的胸膛几乎胀破，
　惊慌充满了她的心。

他定了神四下观望，
　瞧见蜡烛只剩残辉，
瞧见睡鞋放在椅上，
　瞧见垂下了的床帷。

偶有灯蛾想进窗内，
　静中只闻心跳莲蓬。
鸭兽与脂粉的香味，
　时时随风钻进鼻中。

他推窗，见双星在空；

闭窗，对娇羞的美人。
她依然站着，没有动，
但是觉到他的微温。

五

王娇的妆楼还在开着窗，
中秋夜里将阑的月色，
照见一双人倚在楼侧，
楼板上映着窗影的斜方。

空中疾行过浑圆的月球；
银雾里立着亭台花木，
桂树的影在根旁静伏，
桂花香到深夜分外清幽。

女郎怕冷，斜靠着他的肩，
温热与情在她的胸内，
眼睛半开半闭的将睡，
如梦的情话响在他耳边。

“你已经累了，”他说时侧身，
把她如绵的身躯抱起；
转身时候忽见房门启，
门缝后探进来一个女人。

他惊得放下了女郎，“是谁？”
　她也立刻从梦中醒转，
　“曹姨来了！时间这么晚……”
没有说完，她的头已低垂。

公子也红着脸，不敢抬头。
　有一桩事令他最难过，
　就是，女郎并不曾作错，
但如今为他的缘故蒙羞。

反是曹姨先向他们开言：
　“当时我瞧着心里奇怪，
　果然不出我的意料外。
但请放心，我所以来这边，

不过是有点替娇儿担惊，
　因为这样终归不是了。
　万一事情被父亲知晓，
年老的人岂不加倍伤心？

你们两个真是女貌郎才，
　难怪娇儿向来不心动，
　遇到周公子也入了瓮，
公子也扔了家来作书差。

不用瞧：你们的这段姻缘

　我是从春香处打听到。”
　说到这里，她就开玩笑：
“我的痴儿，你怎能将我瞒？”

春天我常看见你倚楼窗，
　手弄绿珠串般的杨柳；
　举目呆望着白云流走，
一刻又支腮，俯首看鸳鸯。

夏天我见你比前更丰腴，
　你的面庞荷花样饱满，
　你的颜色荷花样娇艳，
但对着南风常听你轻吁。

秋天高了，你也跟着长高，
　你的双乳隆起在胸上，
　你像入秋更明的月亮，
但已无春天雾里的娇娆。

你怎能瞒过我，痴的女娃？
　我今晚来想把你们劝。
　我并不是要你们分散，
但是我劝周公子快回家。

回家后却不要将她丢开——
　瞧你这人倒不像心狠。

　　你须把详情向父母禀，
立即请媒人上我家门来。

你失踪了，一定急坏爷娘。
　　自家的孩儿既然顾惜，
　　（娇儿又是受你的威逼，）
想必不会害人家的女郎。

娇儿，你淑妹正少些嫁衣，
　　你的针凿好，我要奉托
　　你替她缝些；等你出阁，
她自然也能帮着你作齐。

我去了。你们望一夜月圆。
　　到明天却不要愁它缺：
　　只要你们的相思不灭，
教圆月重辉并不算为难。”

如今还是他们俩在房中。
　　稀疏的柳影移上楼板，
　　柝声在秋夜分外凄惨，
从园里偶尔吹进来冷风。

她眼眶中含着泪珠晶莹，
　　她靠在周生肩上微抖，
　　“两人的恩爱从此撒手？

难道我七夕作的梦当真？

唉，牛郎同织女虽然隔河，
还能每年中相逢一面；
我们怕从此不能再见，
孤零的，我要从此作嫦娥。

我如今只觉得一片心慌。
唉，我的一生从此断送！
爹爹知道了岂不心痛？
到了那时候我作何主张？”

“娇，你以为我会那般薄情？
我可以当着太阳赌咒，
将来决不把你抛脑后。
你们作证呀，过往的神明！”

“你千万不要以为我生疑。
我知道你对我是相恋。
但你的双亲作何主见？
万一他们要你另娶佳妻？”

“娘疼我，父亲却一毫不松，
但我要发誓非你不娶；
万一他逼我更改主意，
我就要私逃来你的家中。

我要向岳父将一切说明，
　将过错揽来我的身上。
　那时我们便能长偎傍，
不愁别，也不须吊胆提心。

你瞧月亮已经落下西山，
　铜盘里盛满红的烛泪，
　知道要何时才能再会？
娇呀，别尽着在窗侧盘桓。”

六

晓秋的斜阳照在东壁上；
墙阴里嘶着秋虫的声浪；
枯枝间偶尔飘进一丝风，
把剩余的黄冲吹落院中。
王娇的胸中充满了悲哀，
她是从姨妹的婚礼回来。
她记得昨夜锣鼓的铿锵，
花香与粉气弥漫了全堂，
宫灯的闪烁——但化成轻烟，
飘入了愁云凝结的今天。
记得辞别新人的归途里，
父亲把她出嫁的事提起，
她忍不住在车里哭出声。
父亲不知道她已有情人，

也不知道她已经怀了胎，
尽等周公子总是不见来，
昨天派孙虎去侯府找他，
不知道今天可能够回家。
万一他被逼或是变了心，
她拿什么见爹爹与六亲？
但她的父亲不知道这些，
只是将坐骑靠近她的车，
“小娇呀，你的心我也深知：
我决不让你耽误了芳时。”
他还另外拿了些话安慰，
哪晓得更勾起她的愧悔。
到家后又提起她的亡母。
重数父女同尝过的辛苦；
不知她多一重苦在心头，
想开口又不能，只是泪流。
她不情愿父亲过于伤心，
出了书房，如今走过后庭。
但是院中的房已经空虚，
因曹姨搬去了婿家同居。
她一边走，一边想起当初，
曹姨中年守寡，家无寸储；
她还记得曹姨来的那天，
她正在掐染指甲的凤仙，
看见曹姨带着一个女娃，
有三岁，她忙跑去告诉妈。

从此她有姨妹陪着游玩。
还记得有一次同放纸鸢，
都断了钱；她的飞进天空，
姨妹的落上了一棵青松。
甜美的童年便如此飞度，
直到四年后她的娘亡故。
是她亲眼瞧着姨妹长大，
是她亲眼瞧着姨妹出嫁；
但是她自己呢？怀孕在身，
孩子的爹还不知是何人！
她记起昨夜晚遇见曹姨，
低声问周家已否来聘妻。
她要不是瞧着宾客满堂，
真想抱起曹姨来哭一场。
她瞧周生并不像负心汉，
但为何一月来音信俱断？
最伤她心的是对不起爹：
他一向知道女孩儿不邪，
才肯让她与男子们周旋，
在她也是向来处之泰然；
说也奇怪，惟独遇到周生，
她心里才头次种下情根。
灯节的相救，初夏的重逢，
夏日的斋内，巧夕的楼中，
来得又快又奇，与梦无异，
令她眼花缭乱，毫无主意。

这都不能怪她，这都是天。
她这样想时，已到了楼前。
她瞧见孙虎头扎着白巾，
在楼下，她不觉大吃一惊。
她晓得事情是吉少凶多，
不觉浑身之上打起哆嗦；
但在外面还不露出悲哀，
只教孙虎悄悄跟上楼来，
把一切详情说与她知道。
他的头打破了，是和谁闹？
周公子父亲的意思怎般？
他从怀内拿出一只玉环，
交给她，说道：“小姐还要听？
不怕听到了我的话伤心？
那么我就讲。昨天的上午
我拜别了姑娘去到侯府，
没向门房说是小姐所差，
只说是王家少爷派我来，
有紧急的事要当面见他。
他瞧见我的时候，惊呼，‘呀，
是你！’他把当差遣出书房，
重新向我说：‘你家的姑娘
好吗？我这一向因为事多——’
“哼，什么事！不过是讨老婆。”
王娇道，“什么？”“小姐别伤心，
这负心汉已经另娶了亲。

我当时真气，说：‘你问自己，
她好不？小姐哪桩辜负你，
你居然能够忍心把她抛，
消息毫无，使她日夜心焦？
你自己问良心，这可应该？
今天是她差我上贵府来，
问问你没有消息的缘由。’
他听到说，假装皱起眉头，
唉声叹气，连我都当是真，
他说：‘想不到天意不由人。
我自从离开府上回了家，
一心指望即日娶过娇娃；
哪知道我的父亲不允许。
他说，一个小武官的闺女
怎么同我的儿子配得来？
这给人听到嘴不要笑歪？
并且这女孩子本来轻佻，
不是她抛头露面的招摇。
我的儿子怎会陷入网中？
那父亲也未免家教太松，
不算小户了，却无个内外；
如今好了，女儿为他所害。
我决不情愿被叫作糊涂，
何况我家祖上受过丹书，
我决不让儿子这样成婚，
被人家传出去当作新闻。

娘，她见我回了家，真喜欢，
并且女子的心肠软似男，
她总劝父亲顺我的意思。
他与娘不知闹过多少次。
我知道他的心无法可回，
就趁了一晚风呼呼在吹，
偷着翻过花园想逃出去。
哪知正翻时与更夫相遇。
更夫怕我逃了，父亲治他，
连忙把我的两条腿紧抓，
任我百般哀求，都不放松。
他把我送回去了书房中，
在书房外守了一个通宵，
怕我得到旁的空又偷逃。
第二天早上他禀知父亲，
父亲听到时候，大发雷霆，
亲自拿棍子打了我一顿，
教两个当差的将我监禁，
并且教他们日夜里巡逻。
他一面又派人去找媒婆，
打听哪个官府里有姑娘。
唉，我被两个人监在书房，
就是想偷跑也无路可通，
况且父亲拷打得那般凶，
你想除顺从外有何方法？’
‘只怪我家小姐当时眼瞎，

认识了你这个负心的人，
使得她如今进退都不能。’
‘把气平下，让我们慢慢谈，
瞧可有方法打通这难关。’
‘想方法？那还不十分容易？
你当时既有偷逃的胆气，
现在何不也一逃以了之？’
‘唉，你晓得如今不比当时，
如今我已娶了妻子在家，
我跑了时如何对得起她？’
我一听不由得气满胸膛，
大声叫道，‘那么我家姑娘
你对得起吗？’他说：‘你息怒。
我也并非愿意将她辜负，
只不过父亲的严命难违。
已往的事如今也不能追，
让我们想可能亡羊补牢。’
说着话，他找出黄金十条，
‘这送你家的小姐作妆奁；’
他同时又把手探进胸前，
拿出我交给小姐的玉环，
‘这是她送我的，如今奉还。
你向她说我是无福的人，
只望她嫁一个好的郎君。’
‘什么！你把我家小姐丢开？
那么当时谁教你骗她来？

这玉环是她的，我要带回，
免得宝物扔上了粪土堆。
谁稀罕你的金子，真笑话！’
我气得把它们扔在地下，
‘我孙虎都不稀罕这黄金，
何况我家小姐金玉为心？
别的不提，骗了我家姑娘，
一切纠葛就要由你承当。
现在她腹中已经有了喜，
她在家一天到晚的候你，
候你去认为这孩子的爹。
你难道良心都没有一些，
能够坐着看她被别人羞，
看她下水，你不肯略回头？’
‘娶她过来作妾，你瞧怎样？’
听到此，我的气直朝上撞，
‘什么！你敢污辱我家千金？
我今天要舍了命同你拼。
你这畜生！我家老爷的官
虽然不大，也是朝廷所颁，
我家小姐怎与人作偏房？
我孙虎也吃过皇家的粮，
这口气教我如何忍得下？’
我一边这样的把他大骂，
一边要捶他。那怯汉高呼，
‘张千，张千，快抓住这强徒！’

呼声惊动了房外的当差，
他连忙入内把我们挡开。
我冲了几次都没有冲过，
反被那厮把我的头打破。
唉，年纪老了，什么都不中用。
要像当年那般破阵冲锋，
不说一个，十个我也打翻；
我早抠出那小子的心肝，
一把抓过来献上给小姐，
教人知道王家并不好惹！
唉，年纪大了，什么都不行。”
说到此，他的泪落满衣襟，
“唉，老爷立下过多少功劳，
都是因为他的生性孤高，
不肯弯下腰去阿附上司，
才这样穷，但他毫无怨辞。
想不到虎落平阳被犬欺，
姑娘又遇到这个坏东西。
并且他是我头次引来家，
我恨不得一把将他紧抓，
撕成两片，心里面才痛快。”
老仆人这时汗迸出脸外，
一根根的筋在额角紧张，
光明发射出已陷的眼眶，
喉咙里呼噜的尽作响声，
愤怒如今充满他的灵魂。

王娇一语不发，只是流泪，
她抬起了已经垂下的头，
颤声的说：“你不须将气动，
与这班人动气也不中用。
你的头新破，经不起悲伤，
歇歇去罢。这回累你多忙。
等到你的头休养好了时，
我们再商量办法也不迟。”
女郎呀，你何尝要想法来？
你不过是将老仆人支开，
怕他年纪大，经不起伤心。
你已将自家的命运看清：
你如今知道了那个兆头
何以有红丝缠绕在咽喉，
你如今知道了那同心结
你因之而生，也因之而灭。
看那：墙头已不见太阳光，
只有些愁云凝结在苍穹；
主宰这人间的换了黑暗。
我听到了你的一声长叹，
床头的窸窣，扣颈的声音，
喉中发过响后．便是凄清。
去了，去了，痴情逃上九天，
如今只有虚伪盘踞人间！

七

白烛摇颤着青色的光明，
女郎的灵柩在白帏里停。
黑暗与沉默笼罩住世界，
天空里面瞧不见一颗星。

春日的百花卷起了芳馨，
夏天去了，鸟儿不再和鸣；
辞了枝的秋叶入土安息；
河水在严冬内结成坚冰。

听哪，是何人手挽着亡灵，
在白帏后倾吐他的哀音？
哭声在夜里听来分外惨。
可怜哪，你这丧女的父亲！

更可怜哪，连哭都不成声，
因为他是六十开外的人，
只有一声声的抽噎发出，
表示他已经碎了的灵魂。

“娇儿呀，你竟忍心与我分？
现在更有谁慰我的朝昏？

这世间的事情说来奇怪：
要上了年纪的人哭后生！

娇儿呀，你何不说出真情，
只是闷着，一人受恐担惊？
都是我作父亲的害了你：
谁教我耽误了你的青春？

娇儿呀，我怕误了你终身，
才将你的事耽搁到如今；
娇儿呀，你不要埋怨我罢，
你要知道我已经够伤心！

妻子去了，女儿也已归阴，
我在人世上从此是孤零，
这样生活着有什么滋味？
等着罢，等我与你们同行！”

回答他哭声的只有凄清。
灵帏上摇颤过一线波纹，
接着许多落叶洒上窗纸，
树枝间醒起了风的悲吟。

歌

谁见过黄瘦的花
累累结成硕果?
池沼中只有鱼虾。
不是藏蛟之所。
人不曾有过青春,
像花开,不盛,
像水长,不深,
不要想丰富的秋分!
太阳射下了金光,
照着花开满地;
春雨洒上了新秧,
田中一片绿意。
培养生命要爱情;
它比水还润,

比日光还温，

沾着它的无不茂生。

哭　城

内战事实

他想爬上城楼，向了四方
瞧瞧可有生路能够逃亡，
但是他的四肢十分疲弱——
长城！他不如鸟雀在苍苍
　还能自在的飞翔。

他的身边已经没有余粮；
饿得紧时，便拿黄土填肠——
那有树皮吃的还算洪福——
长城！不要看他大腹郎当，
　看他的面瘦肌黄！

无边的原野上烤着炎阳，
没有一围树影能够遮藏；
等太阳在你的西头落下，
长城！那北风接着又猖狂，
　连你都无法提防。

筑城的人已经辛苦备尝，
筑城人的子孙又在遭殃……
你看罢，等我们一齐死尽，
长城！那时候你独立边疆，
　看谁来陪伴凄凉！

如今你看不见李广摇缰，
看不见哥舒的旗帜飘扬——
与其后来看见胡人入塞，
长城！你还不如倒下山冈，
　连我也葬在中央……

死之胜利

（为杨子惠作）

死神端坐在艘木的车中；
车前有磷火在燃着灯笼；
白马无声的由路上驰过，
路边是两行柏树影朦胧。
　车中坐着那庄严的女神；
　两个仙女在旁。手捧玉瓶，
一只瓶有泪水贮在中央，
一只是由奈河舀的水浆。
冬青与白杨满插在瓶内，
黑斑的蝴蝶在枝上飞翔。

车子停下了在一座庙前。
庙宇便是生之神的香烟；
殿角上的风铃叮当在响——
除开了这声息，一切安眠。
　殿上的琉璃灯，光亮稀微，
　映着，炉烟之内，神隐黄帏，
四根大理石的柱子峨巍；
柱上雕刻着有力的苍龙，
寿的玄龟以及爱的丹凤，
麒麟象征的是德行尊崇。

“死神，你的来意我已深知；
有一个诗人命尽于此时——
那华少翩翩你竟不怜惜；
他今天的死限不能改迟？”
　“注定今天死的莫想俄延；
　阴司之内不曾有过明天。”
“人生之宴他还没有品尝；
也没有逢迎衷曲的女郎；
他的亲戚，友朋都在人世……
冷清清的，教他怎去冥乡？”

“人生之宴！我问，宾客是谁？
你看，豪士，贤人枵腹而归；
只有猛虎，肥猪嚼在堂上……
不应招的倒还免得身危！”

"他的访才已经开放花苞，
可以结成果了，再去阴曹——"
"没有诗篇不是充满苦辛；
世间最多感的正是诗人。
与其到后来听他诅咒你，
何不放他现在入了坟茔？"

"固然，生并不美满像天堂；
比起死之国来，它总远强——
它有热的阳光；温暖的爱；
作对的莺儿啭弄着笙簧；
飞蛾迷恋着灵芝的烛花；
蜜蜂在花海内整着排衙；
雨天，唤着求匹配的斑鸠；
五彩衣的雉鸟飞过陇头；
绵羊欢乐得拿角尖相触；
鹿引着雌鹿在林中遨游。"

"树的浓荫只是等着秋风；
镰刀在谷田上闪过钢锋。
河水入江，江水流入东海——
芸芸的众生奔赴去冥中。
生好像晚霞，那光采，新鲜，
不到多时，便将灭没西天……
那黑衣的夜神与我无殊，
她降临时，众生入梦鼾呼——

一旦，星作灯光，乌云作被，
他们要长眠在我的幽都。

奈河里是烟膏色的水波
迟缓的流动，像汇漆成河；
一片天空总是半明半暗；
骸骨般的草竖竖立斜坡。
　在这河边，世人贵贱皆忘，
　乞丐之前，泰然卧着君王；
元宝乱堆在富豪的身边，
贱在一旁，并不思想那钱，
他们知道，在其园之境内，
无用场的财宝不抵安眠。

诗人来的道路各自不同；
今天这个少年任他去从——
叹息华事鹤唳的人，陆机，
他与谢眺是枭首在市中；
　饭颗山的杜甫终世饥荒，
　白酒，黄牛，一朝胀得身亡；
屈原，挟着枯荷叶的衣衫，
涌身投入汨罗江的波澜；
李白，身披锦袍，跨在鲸背，
乘风破浪，漂去了那‘三山。’”

大柱之间忽然现出疫神——

如柴的骨架上盘着青筋；
手握赤蛇；肩上一个黑袋；
惨绿色的光辉闪在周身。
　疫神与死神并立在殿堂；
　依稀有一黑影来了身旁……
黄色的帏幔间扬起轻风；
有一声叹息低，灭入虚空。
铜炉里，香烟舒徐的上袅；
琉璃灯的火入定在微红。

悲梦苇

　像一声鸟鸣，
在月如银的夜间，
低，啼过幽谷，
高，叫在云边；
远空是你的家，
哀音受自苍天——
不说眠了众生，
有谁听你发歌声；
就是鸦雀在枝头谛听呀，
　孤鸟，
你也怎么留连？

恳　求

天河明亮在杨柳梢头，
隔断了相思的织女，牵牛；
　　不料我们聚首，
　女郎呀，你还要含羞……
　　好，你且含羞；
一旦间我们也阻隔河流，
　　那时候
　要重逢你也无由！
你不能怪我热情沸腾；

只能怪你自家生得迷人。
　　你的温柔口吻，
　女郎呀，可以让风亲，
　　树影往来亲，

唯独在我捱上前的时辰，
　　低声问，
　你偏是摇手频频。

马缨在夏夜喷吐芬芳，
那浓郁有如渍汗的肌香，
　　连月姊都心痒，
　女郎呀，你看她疾翔，
　　向情人疾翔——
谁料你还不如月里孤孀，
　　今晚上
　你竟将回去空房！

祷 日

是曙光么，那天涯的一线？
终有这一天，黑暗与溷浊
退避了，那偷儿自门户前
猛望见天之巨日而隐匿
去他的巢穴；由睡梦中醒
起了室中的人，行人郊野，
望闳伟的朝云在太空上
建筑黄金的宫殿，听颂歌
百音繁会着，有如那一天，
天宫上，在光轮的火焰内，
凤凰率引了他们，应钟鼓
和鸣？

　　这真是曙光？我们等，

曙光呀，我们也等得久了！
我们曾经看到过同样的
一闪，振臂高呼过；但那是
远村被灾，啼声，我们当作
晨鸡的，不过是“颠沛”号呼
于黑夜！这丝恍惚的光亮，
像否当初，只是洪水东来，
在起伏的波头微光隐约，
不仅祛除无望，且将挟了
强暴来助黑暗，淹没五岳
三川，禹治的三川？

如我们
是夜枭，见阳光便成盲瞽，
唯喜居黑暗，在一切夜游
不敢现形于日光下之物
出来了的时候，丑啼怪笑——
望蝙蝠作无声之舞；青燐
光内，坟墓张开了它们的
含藏着腐朽的口吻，哇出
行动的白骨；鬼影，不沾地，
遮藏的漂浮着；以及僵尸，
森森的柏影般，跨步荒原，
搜寻饮食；披红衣的女魅
有狐狸，那拜月的，吸精髓
枯人的白骨，还要在骨上

刻画成寄异的赤花，黑朵
作为饰物，佩带在腰腋间……

那便洪水来淹没了，我们
也无怨；因为丑恶，与横暴，
与虚伪，本是应该荡涤的。
但燧人氏是我们的父亲，
女蜗是母，她曾经拿彩石
补过天，共工所撞破的天，
使得逃自后羿箭锋下的
仅存的“光与热”尚能普照
这泰山之下的邦家；黑暗，
永无希望再光华的黑暗，
怎能为作过灿烂之梦的
我们这族裔所甘心？

日啊！

日啊！升上罢！玄天覆盖着
黄地；肃杀的秋，蛰眠的冬
只是春之先导；漫漫长夜，
难道终没有破晓的时光？
如其是天狗……那就教羲和
惊起四万万的铜铙，战退
那光明之敌！

日啊，升上罢！

泛　海

我要乘船舶高航
　在这汪洋——
　看浪花丛簇
　似白鸥升没。
看波澜似龙脊低昂；
　还有鲸雏
戏洪涛跳掷颠狂。

我要操一叶扁舟
　海底穷搜——
　水黄如金屋。
　就中藏宝物；
水蔚蓝蕴碧玉青璆；
　沫溅珍珠；

耀珊瑚日落西流。

我要拿大海为家——
　　月放灯花；
　　碧落为营幕。
　　流苏缀星宿；
绡帐前龙女拨琵琶；
　　酾酒高呼。
任天风播人无涯！

幸　福

　幸福呀，在这人间
向不曾见你显过容颜……
　唯有苦辛时候，
无忧的往日在心上回甜，
　你才露出真面，
说，无忧便是洪福——
等你说了时，又遮起轻烟。

　有时我远望天边，
向希望之星挣扎而前；
　一路自欣自喜，
任欺人的想象幻出凡间
　所无有的美满……
　到了时，只闻恶鸟

在荒郊里笑我行路三千！

　何必将寿命俄延，
倘若无幸福贮在来年？
　不过，未来之谜
内中究竟藏了什么新鲜，
　有谁不想瞧见？
　因此我一天有气，
一天也不肯闭起眼长眠。

镜　子

美丽拿装束卸下了，镜子
　知道它是真的呢还是谎；
　对着灵魂，它照见了真相，
照不见善，恶——人造的名词。

不响，成天里它只是深思
　又深思……平坦在它的面上，
　以及冷静，明白；不见往常
那些幻影，与它们的美，疵。

一个省城

江水已经算好了，喝井水的
多着呢。全城到处都是臭虫，
卑鄙的臭虫。最销行日本货，
价钱巧，样式好看。菜蔬与内
比上海贵。夏天，太太们时兴
高领子……还不曾看见穿单袍
没领子的男人。通城的院子
有一个树木多——那是教会的
大学租用着圣保罗的旧址；
似到春天——想必真是
Spring fever ——
定必要闹风潮。东门的城墙
拆了一半，还有一半剩下来；
城外有茅房，汽车站。

是前天

立的秋；像大雨一样，凉风在

树堆子里翻腾着。我凉瞪了，

躺在床上，想起 Havelock

Ellis 的 Thc《Dance of Life》，

恭维中国的古代，

说那时知道艺术的来生活……

这班外国人！他们专说几百、

几千年来的腐话！

一阵早钟。

一声儿啼，由外边送了进来。

我出了神靠在床上，思忖着。

动与静

在海滩上，你嘴亲了嘴以后，
便返身踏上船去开始浪游；
你说，要心靠牢了跳荡的心，
还有二十五年我须当等候。

热带的繁华与寒带的幽谧，
无穷的嬗递着，虽是慰枯寂——
你所要寻求的并不是这些；
抓到了爱，你的浪游才完毕。

在回忆中我消磨我的岁月；
火烧着你的形影，多么热烈！
不必寻求，你便是我的爱神；
供奉，祈祷他，便是我的事业。

雨

唯有从内地来的到如今
才看见“虹”。

　　　　　正式的在落雨。
为了买皮鞋油的缘故，我
走过去了四川路桥。

　　　　　　　　车辆
形成的墙边，有竹篱围着
一片空地；公司竖了木牌，
指明新屋所移去的地点。

没有尾声的喇叭唤过去。
雨落上车顶，落上千佛岩

一般的大厦。它没有沾湿
那扭腰身的“贾四”；那灯光
也仍旧贴了白磁在蜷卧。

如今已是七年了……梅怎样?
那一套新衣裳总该湿了……

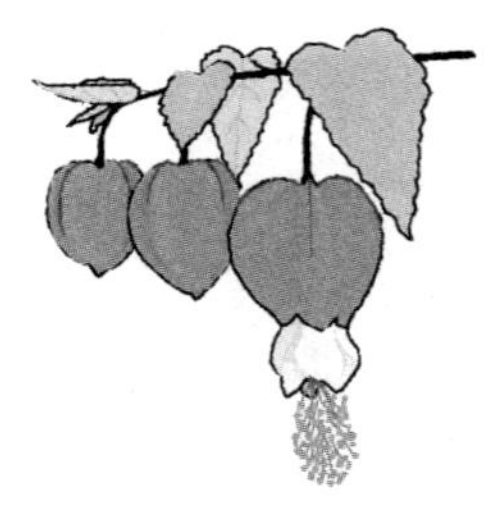

柳浪闻莺

军阀的楹匾点缀着钱王寺。

水磨砖的月窗上雕有云彩，
双龙戏珠……“这是一幅好图案，”
同声的我们说。

　　　　　　　　“功德坊”前面
是“柳浪闻莺。”鸟儿已经去了，
那细腰的柳树却还在弄姿。
浣女在湖边洗衣。

　　兵士淘米。

风推着树

风推着树。
　像冬天
一片波涛
　　在崖前。

吼声愈大。
　树愈傲——
风推不断
　质地牢。

枝杆盘曲
　像图画……
寒带正是
　它的家。

文学馆

散文

朱湘精品选

衚衕

我曾经向子惠说过，词不仅本身有高度的美，就是它的牌名，都精巧之至。即如《渡江云》、《荷叶杯》、《摸鱼儿》、《真珠帘》、《眼儿媚》、《好事近》这些词牌名，一个就是一首好词。我常时翻开词集，并不读它，只是拿着这些词牌名慢慢地咀嚼。那时我所得的乐趣，真不下似读绝句或是嚼橄榄。京中胡同的名称，与词牌名一样，也常时在寥寥的两三字里面，充满了色彩与暗示，好像龙头井、骑河楼等等名字，它们的美是毫不差似《夜行船》、《恋绣衾》等等词牌名的。

胡同是衚衕的省写。据文字学者说，是与上海的弄一同源自巷字。元人李好古作的《张生煮海》一曲之内，曾经提到羊市角头砖塔儿衚衕，这两个字入文，恐怕要算此曲最早了。各胡同中，最为国人所知的，要算八大胡同；这与唐代长安的北里，清末上海的四马路的出名，是一个道理。

京中的胡同有一点最引人注意，这便是名称的重复：口袋胡同、苏州胡同、梯子胡同、马神庙、弓弦胡同，到处都是，与王麻子、乐家老铺之多一样，令初来京中的人，极其感到不便，然而等我们知道了口袋胡同是此路不通的死胡同，与“闷葫芦瓜儿”“蒙福禄馆”是一件东西。苏州胡同是京人替住有南方人不管他们的籍贯是杭州或是无锡的街巷取的名字。弓弦胡同是与弓背胡同相对而定的象形的名称。以后我们便会觉得这些名字是多么有色彩，是多么胜似纽约的那些单调的什么Fifth Avenue，Fourteenth Street，以及上海的侮辱我国的按通商五口取名的什么南京路、九江路。那时候就是被全国中最稳最快的京中人力车夫说一句：“先儿，你多给两子儿”，也是得偿所失的。尤其是苏州胡同一名，它的暗示力极大。因为在当初，交通不便的时候，南方人很少来京，除去举子；并且很少住京，除去京官。南边话同京白又相差的那般远，也难怪那些生于斯、卒于斯、眼里只有北京、耳里只有北京的居民，将他们聚居的胡同，定名为苏州胡同了。（苏州的土白，是南边话中最特彩的；女子是全国中最柔媚的。）梯子胡同之多，可以看出当初有许多房屋是因山而筑，那街道看去有如梯子似的。京中有很多的马神庙，也可令我们深思，何以龙王庙不多，偏多马神庙呢？何以北京有这么多马神庙，南京却一个也不见呢？南人乘舟，北人乘马，我们记得北京是元代的都城，那铁蹄直踏进中欧的鞑靼，正是修建这些庙宇的人呢！燕昭王为骏骨筑黄金台，那可以说是京中的第一座马神庙了。

京中的胡同有许多以井得名。如上文提及的龙头井以及甜水井、苦水井、二眼井、三眼井、四眼井、井儿胡同、南井胡同、北井胡同、高井胡同、王府井等等，这是因为北方水份稀少，煮饭、烹茶、洗衣、沐面，水的用途又极大，所以当时的人，用了很笨缓的方法，凿出了一口井之后，他们的快乐是不可言状的，于是以井名街，纪念成功。

胡同的名称，不特暗示出京人的生活与想像，还有取灯胡同、妞妞房等类的胡同。不懂京话的人，是不知何所取意的。并且指点出京城的沿革与区分：羊市、猪市、骡马市、驴市、礼士胡同、菜市、缸瓦市，这些街名之内，除去猪市尚存旧意之外，其余的都已改头换面，只能让后来者凭了一些虚名来悬拟当初这几处地方的情形了。户部街、太仆寺街、兵马司、缎司、銮舆卫、织机卫、细砖厂、箭厂，谁看到了这些名字，能不联想起那辉煌的过去，而感觉一种超现实的兴趣？

黄龙瓦、朱垩墙的皇城，如今已将拆毁尽了。将来的人，只好凭了皇城根这一类的街名，来揣想那内城之内、禁城之外的一圈皇城的位置罢？那丹青照耀的两座单牌楼呢？那形影深嵌在我童年想像中的壮伟的牌楼呢？它们哪里去了？看看那驼背龟皮的四牌楼，它们手拄着拐杖，身躯不支的，不久也要追随早夭的兄弟于地下了！

破坏的风沙，卷过这全个古都，甚至不与人争韬声匿影如街名的物件，都不能免于此厄。那富于暗示力的劈柴胡同，被改作辟才胡同了；那有传说作背景的烂面胡同，被改作缃缦胡同了；那地方色彩浓厚的蝎子庙，被改作协资庙了。没有一个不是由新奇降为平庸，由优美流为劣下。狗尾巴胡同改作高义伯胡同，鬼门关改作贵人关，勾阑胡同改作钩帘胡同，大脚胡同改作达教胡同：这些说不定都是巷内居者要改的，然而他们也未免太不达教了。阮大铖住南京的裤裆巷，伦敦的 Botten Row 为贵族所居之街，都不曾听说他们要改街名，难道能达观的只有古人与西人吗？内丰的人，外啬一点，并无轻重。司马相如是一代的文人，他的小名却叫犬子。《子不语》书中说，当时有狗氏兄弟中举。庄子自己愿意为龟。颐和园中慈禧太后居住的乐寿堂前立有龟石。古人的达观，真是值得深思的。

打弹子

打弹子最好是在晚上。一间明亮的大房子，还没有进去的时候，已经听到弹子相碰的清脆声音。进房之后，看见许多张紫木的长台并列排着，鲜红的与粉白的弹子在绿色的呢毯上滑走，整个台子在雪亮的灯光下照得无微不见，连台子四围上边嵌镶的菱形螺钿都清晰的显出。许多的弹竿笔直的竖在墙上。衣钩上面有帽子，围巾，大氅。还有好几架钟，每架下面是一个算盘——听那，答拉一响，正对着门的那个算盘上面，一下总加了有二十开外的黑珠。计数的伙计一个个站在算盘的旁边。

也有伙计陪着单身的客人打弹子。这样的伙计有两种，一种是陪已经打得很好的熟客打，一种是陪才学的生客打。陪熟客打的，一面低了头运用竿子，一面向客人嘻笑的说："你瞅吧！这竿儿再赶不上你，这碗儿饭就不吃啦！"陪生客打的，看见客人比了大半天，竿子总抽上了有十来趟，归根还是打在第一个弹子的正面就不动了，他看着时候，说不定心里满觉得这位客人有趣，但是脸上绝不露出一丝笑容，只随便的带说一句，“你这球要低竿儿打红奔白就得啦。”

打弹子的人有穿灰色爱国布罩袍的学生，有穿藏青花呢西服的教员，有穿礼服呢马褂淡青哔叽面子羊皮袍的衙门里人。另有一个，身上是浅色花缎的皮袍，左边的袖子掳了起来，露出细泽的灰鼠里子，并且左手的手指上还有一只耀目的金戒指。这想必是富商的儿子罢。这些人里面，有的面呈微笑，正打眼着“眼镜”。有的把竿子放去背后，作出一个优美的姿势来送它。有的这竿已经有了，右掌里握着的竿子从左手手面上顺溜的滑过去，打的人的身子也跟着灵动的扭过，再准备打下一竿。

“您来啦！您来啦！”伙计们在我同子离掀开青布绵花帘子的时候站起身，来把我们的帽子接了过去。“喝茶？龙井，香片？”

弹子摆好了，外面一对白的，里面一对红的。我们用粉块擦了一擦竿子的头，开始游戏了。

这些红的、白的弹子在绿呢上无声的滑走，很像一间宽敞的厅里绿毡毹上面舞蹈着的轻盈的美女。她披着鹅毛一样白的衣裳，衣裳上面绣的是金线的牡丹，柔软的细腰上系着一条满缀宝石的红带，头发扎成一束披在背后，手中握着一对孔雀毛，脚上穿的是一双红色的软鞋。脚尖矫捷的在绿毡毹上轻点着，一刻来了厅的这方，一刻去了厅的那方，一点响声也听不出，只偶尔有衣裳的窸窣，环珮的叮当，好像是替她的舞蹈按着拍子一样。

这些白的、红的弹子在绿呢上活泼的驰行，很像一片草地上有许多盛服的王孙公子围着观看的一双斗鸡。它们头顶上戴的是血一般红的冠。它们弯下身子，拱起颈，颈上的一圈毛都竦了起来，尾巴的翎毛也一片片的张开。它们一刻退到后头，把身体蜷伏起来，一刻又奔上前去，把两扇翅膀张开，向敌人扑啄。四围的人看得呆了，只在得胜的鸡骄扬的叫出的时候，他们才如梦初醒，也跟着同声的欢呼起来。

弹子在台上盘绕，像一群红眼珠的白鸽在蔚蓝的天空上面飘扬。弹子在台上旋转，像一对红眼珠的白鼠在方笼的架子上面翻身。弹子在台上溜行，像一只红眼珠的白兔在碧绿的草原上面飞跑。

还记得是三年前第一次跟了三哥学打弹子，也是在这一家。现在我又来这里打弹子了，三哥却早已离京他往。在这种乱的时世，兄弟们又要各自寻路谋生，离合是最难预说的了；知道还要多少年，才能兄弟聚首，再品一盘弹子呢？

正这样想着的时候，看见一对夫妇，同两个二十左右的女子，带着三个小孩子，一个老妈子，进来了球房：原来是夫妻俩来打弹子的。他们开盘以后，小孩子们一直站在台子旁边看热闹，并且指东问西，嘴说手画，兴头之大，真不下似当局的人。问的没有得到结果的时候，还要牵住母亲的裙子或者抓住她的弹竿唠叨的尽缠：被父亲呵了几句，才暂时静下一刻，但是不到多久，又哄起来了。

事情凑巧：有一次轮到父亲打，他的白球在他自己面前，别的三个都一齐靠在小孩子们站的这面的边上，并且聚拢在一起，正好让他打五分的；哪晓得这三个孩子看见这些弹子颜色鲜明得可爱，并且圆溜溜的好玩，都伸出双手踮起脚尖来抢着抓弹子；有一个孩子手掌太小，一时抓不起弹子来，他正在抓着的时候，父亲的弹子已经打过来了，手指上面打中一下，痛得呱呱的大哭起来。老妈子看到，赶紧跑过来把他抱去了茶几旁边，拿许多糖果哄他止哭。那两个孩子看见父亲的神气不对，连忙双手把弹子放回原处，也悄悄的偷回去茶几旁边坐下了。母亲连忙说，“一个孩子已经够嚷的啦。咱们打球吧。”父亲气也不好，不气也不好，狠狠的盯了那两个孩子一眼，盯得他们在椅子上面直扭，他又开始打他的弹子了。

在这个当儿，子离正向我谈着“弹子经”。他说：“打得妙的时候，一竿子可以打上整千；”他看见我的嘴张了一张，连忙接着说下：

“他们工夫到家的妙在能把四个球都赶上一个台角里边去，而后轻轻的慢慢的尽碰。”我说：“这未免太不‘武’了！大来大往，运用一些奇兵，才是我们的本色！”子离笑了一笑，不晓得他到底是赞成我的议论呀还是不赞成。其实，我自己遇到了这种机会的时候，也不肯轻易放过，所惜本领不高，只能连个几竿罢了。

我们一面自己打着弹子，一面看那对夫妇打。大概是他们极其客气。两人都不愿占先的缘故，所以结果是算盘上的黑珠有百分之八十都还在右头。我向四围望了一眼，打弹子的都是男人，女子打的只这一个，并且据我过去的一点经验而言，女子上球房我这还是第一次看见。我想了一想，不觉心里奇怪起来：“女子打弹子，这是多么美的一件事！毡毹的平滑比得上她们肤容的润泽，弹竿的颀长比得上她们身段的苗条；弹子的红像她们的唇，弹子的白像她们的脸；她们的眼珠有弹丸的流动，她们的耳珠有弹丸的匀圆。网球在女界通行了，连篮球都在女界通行了，为什么打弹子这最美的、最适于女子玩耍的，最能展露出她们身材的曲线美的一种游戏反而被她们忽视了呢？”哪晓得我这样替弹子游戏抱着不平的时候，反把自己的事情耽误了，原来我这样心一分，打得越坏，一刻工夫已经被子离赶上去半趟，总共是多我一趟了。

现在已经打了很久了，歇下来看别人打的时候，自家的脑子里面都是充满着角度的纵横的线。我坐在茶几旁边，把我的眼睛所能见到的东西都拿来心里面比量，看要用一个什么角度才能打着。在这些腹阵当中，子离口噙的烟斗都没有逃去厄难。有一次我端起茶杯来的时候曾经这样算过：“这茶杯作为我的球，高竿，薄球，一定可以碰茶壶，打到那个人头上的小瓜皮帽子。不然，厚一点，就打对面墙上那架钟。”

钟上的计时针引起了我的注意，现在时间已经不早了。我向子离说，“这个半点打完，我们走吧。”

“三点！一块找！要辅币！手巾！……谢谢您！您走啦！您走啦！”

临走出球房的时候，听到那一对夫妻里面的妻子说，“有啦！打白碰到红啦！”丈夫提出了异议。但是旁观的两个女郎都帮她，“嫂嫂有啦！哥哥别赖！”

北海纪游

九日下午，去北海，想在那里作完我的《洛神》，呈给一位不认识的女郎；路上遇到刘兄梦苇，我就变更计划，邀他一同去逛一天北海。那里面有一条槐树的路，长约四里，路旁是两行高而且大的槐树，倚傍着小山，山外便是海水了；每当夕阳西下清风徐来的时候，到这槐荫之路上来散步，仰望是一片凉润的青碧，旁观是一片渺茫的波浪，波上有黄白各色的小艇往来其间，衬着水边的芦荻，路上的小红桥，枝叶之间偶尔瞧得见白塔高耸在远方，与它的赭色的塔门，黄金的塔尖，这条槐路的景致也可说是兼有清幽与富丽之美了。我本来是想去那条路上闲行的，但是到的时候天气还早，我们就转入濠濮园的后堂暂息。

这间后堂傍着一个小池，上有一座白石桥，池的两旁是小山，山上长着柏树，两山之间竖着一座石门，池中游鱼往来，间或有金鱼浮上。我们坐定之后，谈了些闲话，谈到我们这一班人所作的诗行由规律的字数组成的新诗之上去。梦苇告诉我，有许多人对于我们的这种举动大不以为然，但同时有两种人，一种是向来对新诗取厌恶态度的人，一种是新诗作了许久与我们悟出同样的道理的人，他们看见我们的这种新诗以后，起了深度的同情。后来又谈到一班作新诗的人当初本是轰轰烈烈，但是出了一个或两个集子之后，便销声匿迹，不仅没有集子陆续出来，并且连一首好诗都看不见了。梦苇对于这种现象的解释很激烈，他说这完全是因为一班人拿诗作晋身之阶，等到名气成了，地位有了，诗也就跟着扔开了。他的话虽激烈，却也有部分的真理，不过我觉着主要的原因另有两个：浅尝的倾向，抒情的偏重。我所说的浅尝者，便是那班本来不打算终身致力于诗，不过因了一时的风气而舍些工夫来此尝试一下的人。他们当中虽然不能说是竟无一人有诗的禀赋、涵养、见解、毅力，但是即使有的时候，也不深。等到这一点子热心与能耐用完之后，他们也就从此销声匿迹了。诗，与旁的学问旁的艺术一般，是一种终身的事业，并非靠了浅尝可以兴盛得起来的。最可恨的便是这些浅尝者之中有人居然连一点自知之明都没有，他们居然坚执着他们的荒谬主张，溺爱着他们的浅陋作品，对于真正的方在萌芽的新诗加以热骂与冷嘲，并且挂起他们的新诗老前辈的招牌来蒙蔽大众：这是新诗发达上的一个大阻梗。还有一个阻梗便是胡适的一种浅薄可笑的主张，他说，现代的诗应当偏重抒情的一方面，庶几可以适应忙碌的现代人的需要。殊不知诗之长短与其需时之多寡当中毫无比例可言。李白的《敬亭独坐》虽然只有寥寥的二十个字，但是要领略出它的好处，所需的时间之多，只有过于《木兰辞》而无不及。进一层，我们可以说，像《敬亭独坐》这一类的抒情诗，忙碌的现代人简直看不懂。再进一层说，忙碌的现代人干脆就不需要诗，小说他们都嫌没有功夫与精神去看，更何况诗？电影，我说，最不艺术的电影是最为现代人所需要的了。所以，我们如想迎合现代人的心理，就不必作诗；想作诗，就不必顾及现代人的嗜好。诗的种类很多，抒情不过是一种，此外如叙事诗、史诗、诗剧、讽刺诗、写景诗等等哪一种不是充满了丰富的希望，值得致力于诗的人去努力？上述的两种现象，抒情的偏重，使诗不能作多方面的发展，浅尝的倾向，使诗不能作到深宏与丰富的田地，便是新诗之所以不兴旺的两个主因。

我们谈完之后，时候已经不早了；我们便起身，转上槐路，绕海水的北岸，经过用黄色与淡青的琉璃瓦造成的琉璃牌楼，在路上谈了一些话，便租定一只小划船。这时候西北方已经起了乌云，并且时时有凉风吹过白色的水面，颇有雨意，但是我们下了船。我们看见一个女郎独划着一只绿色的船，她身上穿着白色的衣裙，手上戴着白色的手套，草帽是淡黄色的，她的身躯节奏的与双桨交互的低昂着，在船身转弯的时候，那种一手顺划一手逆划两臂错综而动的姿势更将女身的曲线美表现出来；我们看着，一边艳羡，一边自家划船的勇气也不觉的陡增十倍。本来我的右手是因为前几天划船过猛擦破了几块皮到如今刚合了创口的，到此也就忘记掉了。我们先从松坡图书馆向漪澜堂划了一个直过，接着便向金鳌玉蛛桥放船过去；半路之上，果然有雨点稀疏的洒下来了。雨点落在水面之上，激起一个小涡，涡的外缘凸起，向中心凹下去，但是到了中心的时候，又突然的高起来，形成一个白的圆锥，上联着雨丝。这不过是刹那中的事。雨涡接着迅捷的向四周展开去，波纹越远越淡，以至于无。我此时不觉的联想起济慈的四行诗来：

Ever let the fancy roam,
Pleasure never is at home:
At a touch sweet pleasure melteth,
Like to bubbles when rain pelteth.

雨大了起来。雨点含着光有如水银粒似的密密落下。雨阵有如一排排的戈矛，在空中熠耀；忽促的雨点敲水声便是衔枚疾走时脚步的声息。这一片飒飒之中，还听到一种较高的声响，那就是雨落在新出水的荷叶上面时候发出来的。我们掉转船头，一面愉快的划着，一面避到水心的席棚下休息。

棹　歌

水　心

仰身呀桨落水中，对长空；俯首呀双桨如翼，鸟凭风。
头上是天，水在两边，更无障碍当前。
白云驶空，鱼游水中，快乐呀与此正同。

岸　侧

仰身呀桨落水中，对长空；俯首呀双桨如翼，鸟凭风。
树有浓阴，葭苇青青，野花长满水滨。
鸟啼叶中，鸥投苇丛，蜻蜓呀头绿身红。

风　朝

仰身呀桨落水中，对长空；俯首呀双桨如翼，鸟凭风。
白浪扑来，水雾拂腮，天边布满云霾。
船晃的凶，快往前冲，小心呀翻进波中。

雨　天

仰身呀桨落水中，对长空；俯首呀双桨如翼，鸟凭风。

雨丝像帘，水涡像钱，一片白色的烟。
雨势偶松，暂展朦胧，瞧见呀青的远峰。

春　波

仰身呀桨落水中，对长空；俯首呀双桨如翼，鸟凭风。
鸟儿高歌，燕儿掠波，鱼儿来往如梭。
白的云峰，青的天空，黄金呀日色融融。

夏　荷

仰身呀桨落水中，对长空；俯首呀双桨如翼，鸟凭风。
荷花的香，缭绕船旁，轻风飘起衣裳。
菱藻重重，长在水中，双桨呀欲举无从。

秋　月

仰身呀桨落水中，对长空；俯首呀双桨如翼，鸟凭风。
月在上飘，船在下摇，何人远处吹箫，
芦荻丛中，吹过秋风，水蚓呀应着寒蛩。

冬　雪

仰身呀桨落水中，对长空；俯首呀双桨如翼，鸟凭风。
雪花轻飞，飞满山隈，飞向树枝上垂。
到了水中，它却消溶，绿波呀载过渔翁。

雨势稍停，我们又划了出来。划了一程之后，忽然间刮起了劲风来；风在海面上吹起一阵阵的水雾，迷人眼睛，朦胧里只见黑浪一个个向我们滚来。浪的上缘俯向前方，浪的下部凹入，真像一群张口的海兽要跑来吞我们似的，水在船旁舐吮作响，船身的颠摇十分厉害：这刻的心境介于悦乐与惊恐之间，一心一目之中只记着，向前划！向前划！虽然两臂麻木了，右手上已合的创口又裂了，还是记着，向前划！

上岸之后，虽然休息了许久，身体与手臂尚自在那里摆动。还记得许多年前，头一次凫水，出水之后，身子轻飘飘的，好像鸟儿在空中飞翔一般；不料那时所感到的快乐又复现于今天了。

吃完点心之后，（今天的点心真鲜！）我们离开漪澜堂，又向对岸渡过去，这次坐的是敞篷船。此刻雨阵过了，只有很疏的雨点偶尔飘来。展目远观，见鱼肚白的夕空渲染着浓灰色以及淡灰色的未尽的雨云，深浅下一，下面是暗青的海水，水畔低昂着嫩绿色的芦苇，时有玄脊白腹的水鸟在一片绿色之中飞过。加上天水之间远山上的翠柏之色，密叶中的几点灯光，还有布谷高高的隐在雨云之中发出清脆的啼声，真令人想起了江南的烟雨之景。

上岸后，雨又重新下起来。但是我们两人的兴却发作了：梦苇嚷着要征服自然；我嚷着要上天王殿的楼上去听雨。我们走到殿的前头，瞧见琉璃牌楼的三座孤门之上一毫未湿，便先在这里停歇下来。这时候天已经黑了，我们从槐树的叶中可以看得见天空已经转成了与海水一样深青的颜色，远处的琼岛亮着一片灯光，灯光倒映在水中，晃动闪烁，有波纹把它分隔成许多层。雨点打在远近无数的树上，有时急，有时缓；急时，像独坐在佛殿中，峥嵘的殿柱与庄严的佛像只在隐约的琉璃灯光与炉香的光点内可以瞧见；沉默充满了寺内殿堂，寂静弥漫了寺外的山岭；忽然之间，一阵风来，吹得檐角与塔尖的铁马铜铃不断的响，山中的老松怪柏谡谡的呼吼，杂着从远峰飘来的瀑布的声响，真是战马奔腾，怒潮澎湃。缓时，像在一座墓园之内，黄昏的时候，鸟儿在树枝上栖息定了，乡人已经离开了田野与牧场回到家中安歇，坟墓中的幽灵一齐无声的偷了出来，伴着空中的蝙蝠作回旋的哑舞；他们的脚步落得真轻，一点声息不闻，只有萤虫燃着的小青灯照见他们憧憧的影子在暗中来往；他们舞得愈出神，在旁观看的人也愈屏息无声：最后，白杨萧萧的叹起气来，惋惜舞蹈之易终以及墓中人的逐渐零落投阳去了；一群面庞黄瘪的小草也跟着点头，飒飒的微语，说是这些话不错。

雨声之中，我们转身瞧天王殿，只见黑魆魆的一点灯火俱无，我们登楼听雨的计划于是不得不终止了。我们又闲谈起来。我们评论时人，预想未来，归根又是谈到文学上去。说到文学与艺术之关系的时候，我讲：插图极能增进读者对于文学书籍的兴趣，我们中国旧文学书中的插图工细别致，《红楼梦》一书更得到画家不断的为它装画。在西方这一方面的人材真是多不胜数，只拿英国来讲，如从前的克鲁可贤（Cruikshank），现代的毕兹雷（Beardsley），又如自己替自己的小说作插图的萨克雷（Thackeray），都是脍炙人口的；还有文学与音乐的关系，我国古代与西方都是很密切的，好的抒情诗差不多都已谱入了音乐，成了人民生活的一部分；新诗则尚未得到音乐上的人才来在这方面致力。

我们谈着，时刻已经不早了。雨算是过去了，但枝叶间雨滴依然纷乱的洒下，好像雨并没有停住一般。偶尔有一辆人力车拖过，想必是迟归的游客乘着园内预备的车；还偶尔有人撑着纸伞拖着钉鞋低头走过，这想必是园中的夫役。我们起身走上路时，只见两行树的黑影围在路的左右，走到许远，才看见一盏被雨雾蒙了罩的路灯。大半时候还是凭着路中雨水洼的微光前进。

我们一面走着，一面还谈。我说出了我所以作新诗的理由，不为这个，不为那个，只为它是一种崭新的工具，有充分发展的可能；它是一方未垦的膏壤，有丰美收成的希望。诗的本质是一成不变万古长新的；它便是人性。诗的形体则是一代又一代的：一种形体的长处发展完了，便应当另外创造一种形体来代替；一种形体的时代之长短完全由这种形体的含性之大小而定。诗的本质是向内发展的；诗的形体是向外发展的。《诗经》，《楚辞》，何默尔的史诗，这些都是几千年上的文学产品，但是我们这班后生几千年的人读起它们来仍然受很深的感动；这便是因为它们能把永恒的人性捉到一相或多相，于是它们就跟着人性一同不朽了。至于诗的形体则我们常看见它们在那里新陈代谢。拿中国的诗来讲，赋体在楚汉发展到了极点，便有“诗”体代之而兴。“诗”体的含性最大，它的时代也最长；自汉代上溯战国下达唐代，都是它的时代。在这长的时代当中，四言盛于战国，五古盛于汉魏六朝唐代，七古盛于唐宋，乐府盛的时代与五古相同，律绝盛于唐。到了五代两宋，便有词体代“诗”体而兴，到了元明与清，词体又一衍而成曲体。再拿英国的诗来讲，无韵体（Blankverse）与十四行诗（Sonnet）盛于伊丽沙白时代，乐府体（Ballad measure）盛于个十七世纪中叶，骈韵体（Rhymed couplet）盛于多莱登（Dryden）蒲卜（Pope）两人的手中。我们的新诗不过说是一种代曲体而兴的诗体，将来它的内含一齐发展出来了的时候，自然会另有一种别的更新的诗体来代替它。但是如今正是新诗的时代。我们应当尽力来搜求，发展它的长处。就文学史上看来，差不多每种诗体的最盛时期都是这种诗体运用的初期；所以现在工具是有了，看我们会不会运用它。我们要是争气，那我们便有身预或目击盛况的福气；要是不争气，那新诗的兴盛只好再等五十年甚至一百年了。现在的新诗，在抒情方面，近两年来已经略具雏形；但叙事诗与诗剧则仍在胚胎之中。据我的推测，叙事诗将在未来的新诗上占最重要的位置。因为叙事体的弹性极大，《孔雀东南飞》与何默尔的两部史诗（叙事诗之一种）便是强有力的证据。所以我推想新诗将以叙事体来作人性的综合描写。

两行高大的树影矗立在两旁，我们已经走到槐路上了。雨滴稀疏的淅沥着。右望海水，一片昏黑，只有灯光的倒影与海那边的几点灯光闪亮。倒是为了这个缘故，我们的面前更觉得空旷了。

我们走到了团城下的石桥，走上桥时，两人的脚步不期然而然的同时停下。桥左的一泓水中长满了荷叶：有初出水的，贴水浮着；有已出水的，荷梗承着叶盘，或高或矮，或正或欹；叶面是青色，叶底则淡青中带黄。在暗淡的灯光之下，一切的水禽皆已栖息了，只有鱼儿唼喋的声音，跃波的声音，杂着曼长的水蚓的轻嘶，可以听到。夜风吹过我们的耳边，低语道：一切皆已休息了，连月姊都在云中闭了眼安眠，不上天空之内走她孤寂的路程；你们也听着鱼蚓的催眠歌，入梦去罢。

三百篇中的私情诗

《诗经》中有许多美妙的私情诗，正如《圣经》中有一篇美妙的《所罗门之歌》一般，《所罗门之歌》为《圣经》注解者所误解，《诗经》中的私情诗也遭遇了同样的命运，即如《邶风》中的《柏舟》明明是一篇极好的“弃妇词”，就是同《孔雀东南飞》比起来也不相后，而注解者偏硬坐它是“言仁而不遇也；卫顷公之时，仁人不遇，小人在侧！”就中私情诗尤为一班的注家所误解，他们不仅是《诗经》的罪人，他们并且是孔子的罪人，因为孔子说过的，凡是要使于四方的人必得要读《诗经》。作使臣的人求能不辱使命，也没有别的法子，只是在辞令上用心罢了。试问《诗经》中是那一部分能教人善于辞令？试问孔子当时说出那些话的时候，心目中指着是《诗经》中的那一部分？不是那些私情诗吗？广义的说来，不是那些情诗吗？试问不善辞令的人能够说出“大夫夙退，无使君劳”、“虽则如毁，父母孔迩”、“厌浥行露！岂不夙夜？谓行多露”、“将仲子兮，无逾我里，无折我树杞。岂敢爱之？畏我父母”这一类的俏皮委婉的话来吗？所以我评孔子倒真是一个懂"诗"的人，他是决不会将纯粹的情诗附会到历史上去，将"仲子"解为"刺庄公也；不胜其母以害其弟，弟叔失道而公弗制，祭仲谏而公弗听，小不忍以致大乱焉"的；他也是决不会将情诗附会到极可发噱的事实上去，如解《郑风》的《子衿》为"刺学校废也；乱世则学校不修焉"的。

我们不必在这些曲解的注"诗"家的身上多耽搁罢，且让我们"携手同行"去直接鉴赏一些美妙的私情诗。情诗上标明一个"私"字，是缩小范围的意思，因为《诗经》中还有一种"非私"的情诗，即咏夫妻之情的是，它们也是很多的，如《周南》中的《卷耳》（一首佳妙的"怀人诗"），《汝坟》（一首佳妙的"相见欢"），《齐风》中的《鸡鸣》（一篇佳妙的 Curtain lecture），均是很好的例子。

仅就私情而言，好例子也是极多，如上举的《行露》、《将仲子》皆是，又如《召南·野有死麋》篇中的

> 无使尨也吠！

《邶风·静女》篇中的

> 爱而不见，搔首踟蹰。
> 匪女之为美，美人之贻。

> ——注家解为"卫君无道，夫人无德"！幸亏卫君与夫人皆已去世了！——

《卫风·氓》篇中的

> 士之耽兮，犹可说也；女之耽兮，不可说也。

——几千年后，情形还是照旧——

《郑风·山有扶苏》篇中的

不见子都，乃见狂且！
不见子充，乃见狡童！

——明明是幽会时喜极而谑之词，乃注解家解为“刺忽也；所美非美然！”真是“所美非美然”！——

《狡童》篇中的

彼狡童兮，不与我言兮。维子之故，使我不能餐兮。

——注解家看到这篇诗的时候，毫不迟疑的将“刺忽也”的“万应膏药”向上一贴——

《子衿》篇中的

青青子衿，悠悠我心；纵我不往，子宁不嗣音？
挑兮达兮，在城阙兮；一日不见，如三月兮。

——“刺学校废也；乱世则学校不修焉！”这学校是唯情学校吗？——

《溱洧》篇中的

溱与洧，方涣涣兮；士与女，方秉蕑兮。女曰，“观乎？”士曰，“既且。”且往观乎洧之外，洵讦且乐；维士与女，伊其相谑，赠之以勺药。

——如今是“赠之以钻戒”了。

《唐风 · 绸缪》篇中的

子兮子兮，如此良人何？

——明明是两句喜极而作珍重之词；“婚姻不得其时”？——

《无衣》篇中的

岂曰无衣七兮，不如子之衣，安且吉兮。

——道德的注解家是再不肯，或不能，把这几句诗看为珍惜情人馈遗之词的。——

我看见了这许多的私情诗，不觉为它们的两种长处所惊，一是它们俏皮，二是它们真实。俏皮，所以眼光如炬的孔子教出使的人去学它们的口齿伶俐；真实，所以四千年后的读者看见它们的时候，诗中的情形还是恍如目睹（虽然不必身历）。

咬菜根

“咬得菜根，百事可作。”这句成语，便是我们祖先留传下来，教我们不要怕吃苦的意思。

还记得少年的时候，立志要作一个轰轰烈烈的英雄，当时不知在哪本书内发现了这句格言，于是拿起案头的笔，将它恭楷抄出，粘在书桌右方的墙上，并且在胸中下了十二分的决心，在中饭时候，一定要牺牲别样的菜不吃，而专咬菜根。上桌之后，果然战退了肉丝焦炒香干的诱惑，致全力于青菜汤的碗里搜求菜根。找到之后，一面着力的咬，一面又在心中决定，将来作了英雄的时候，一定要叫老唐妈特别为我一人炒一大盘肉丝香干摆上得胜之筵。

萝卜当然也是一种菜根。有一个新鲜的早晨，在卖菜的吆喝声中，起身披衣出房，看见桌上放着一碗雪白的热气腾腾的粥，粥碗前是一盘腌菜，有长条的青黄色的豇豆，有灯笼形的通红的辣椒，还有萝卜，米白色而圆滑，有如一些煮熟了的鸡蛋。这与范文正的淡黄荠差得多远！我相信那个说咬得菜根百事可作的老祖宗，要是看见了这样的一顿早饭，决定会摇他那白发之头的。

还有一种菜根，白薯。但是白薯并不难咬，我看我们的那班能吃苦的祖先，如果由奈河桥或是望乡台在过年过节的时候回家，我们决不可供些什么煮得木头般硬的鸡或是浑身有刺的鱼。因为他们老人家的牙齿都掉完了，一定领略不了我们这班后人的孝心；我们不如供上一盘最容易咬的食品：煮白薯。

如果咬菜根能算得艰苦卓绝，那我简直可以算得艰苦卓绝中最艰苦卓绝的人了。因为我不单能咬白薯，并且能咬这白薯的皮。给我一个刚出灶的烤白薯，我是百事可做的；甚至教我将那金子一般黄的肉通同让给你，我都做得到。惟独有一件事，我却不肯做，那就是把烤白薯的皮也让给你；它是全个烤白薯的精华，又香又脆，正如那张红皮，是全个红烧肘子的精华一样。

山药、慈菇，也是菜根。但是你如果拿它们来给我咬，我并不拒绝。

我并非一个主张素食的人，但是却不反对咬菜根。据西方的植物学者的调查，中国人吃的菜蔬有六百种，比他们多六倍。我宁可这六百种的菜根，种种都咬到，都不肯咬一咬那名扬四海的猪尾或是那摇来乞怜的狗尾，或是那长了疮脓血也不多的耗子尾巴。

梦苇的死

我踏进病室，抬头观看的时候，不觉吃了一惊，在那弥漫着药水气味的空气中间，枕上伏着一个头。头发乱蓬蓬的，唇边已经长了很深的胡须，两腮都瘦下去了，只剩着一个很尖的下巴；黧黑的脸上，一双眼睛特别显得大。怎么半月不见，就变到了这种田地？梦苇是一个翩翩年少的诗人，他的相貌与他的诗歌一样，纯是一片秀气；怎么这病榻上的就是他吗？

他用呆滞的目光，注视了一些时，向我点头之后，我的惊疑始定。我在榻旁坐下，问他的病况。他说，已经有三天不曾进食了。这病房又是医院里最便宜的房间，吵闹不过。乱得他夜间都睡不着。我们另外又闲谈了些别的话。

说话之间，他指着旁边的一张空床道，就是昨天在那张床上，死去了一个福州人，是在衙门里当一个小差事的。昨天临危，医院里把他家属叫来了，只有一个妻子，一个小女孩子。孩子很可爱的，母亲也不过三十岁。病人断气之后，母亲哭得九死一生，她对墙上撞了过去，想寻短见，幸亏被人救了。就是这样，人家把他从那张床上抬了出去。医院里的人，照旧工作；病房同住的人，照常说笑，他的一生，便这样淡淡的结束了。

我听完了他的这一段半对我说、半对自己说的话之后，抬起头来，看见窗外有一棵洋槐树。嫩绿的槐叶，有一半露在阳光之下，照得同透明一般。偶尔有无声的轻风偷进枝间，槐叶便跟着摇曳起来。病房里有些人正在吃饭，房外甬道中有皮鞋声音响过地板上。邻近的街巷中，时有汽车的按号声。是的，淡淡的结束了。谁说这办事员，说不定是书记，他的一生不是淡淡的结束，平凡的终止呢。那年轻的妻子，幼稚的女儿，知道她们未来的命运是个什么样子！我们这最高的文化，自有汽车、大礼帽、枪炮的以及一切别的大事业等着它去制造，哪有闲工夫来过问这种平凡的琐事呢！

混人的命运，比起一班平凡的人来，自然强些。肥皂泡般的虚名，说起来总比没有好。但是要问现在有几个人知道刘梦苇，再等个五十年，或者一百年，在每个家庭之中，夏天在星光萤火之下，凉风微拂的夜来香花气中，或者会有一群孩童，脚踏着拍子唱：

室内盆栽的蔷薇，
窗外飞舞的蝴蝶，
我俩的爱隔着玻璃，
能相望却不能相接。

冬天在熊熊的炉火旁，充满了颤动的阴影的小屋中，北风敲打着门户，破窗纸力竭声嘶的时候，或者会有一个年老的女伶低低读着：

我的心似一只孤鸿，

歌唱在沉寂的人间。
心哟，放情的歌唱罢，
不妨壮，也不妨缠绵，
歌唱那死之伤，
歌唱那生之恋。

咳，薄命的诗人！你对生有何可恋呢？它不曾给你名，它不曾给你爱，它不曾给你任何什么！

你或者能相信将来，或者能相信你的诗终究有被社会正式承认的一日，那样你临终时的痛苦与失望，或者可以借此减轻一点！但是，谁敢这样说呢？谁敢说这许多年拂逆的命运，不曾将你的信心一齐压迫净尽了呢？临终时的失望，永恒的失望，可怕的永恒的失望，我不敢再往下想了。

我还记得：当时你那细得如线的声音，只剩皮包着的真正像柴的骨架。临终的前一天，我第三次去看你，那时我已从看护妇处，听到你下了一次血块，是无救的了。我带了我的祭子惠的诗去给你瞧，想让你看过之后，能把久郁的情感，借此发泄一下，并且在精神上能得到一种慰安，在临终之时。能够恍然大悟出我所以给你看这篇诗的意思，是我替子惠做过的事，我也要替你做的。我还记得，你当时自半意识状态转到全意识状态时的兴奋，以及诗稿在你手中微抖的声息，以及你的泪。我怕你太伤心了不好，想温和的从你手中将诗取回，但是你孩子霸食般的说：“不，不，我要！”我抬头一望，墙上正悬着一个镜框，框上有一十字架，框中是画着耶稣被钉的故事，我不觉的也热泪夺眶而出，与你一同伤心。

一个人独病在医院之内，只有看护人照例的料理一切，没有一个亲人在旁。在这最需要情感的安慰的时候，给予你以精神的药草，用一重温和柔软的银色之雾，在你眼前遮起，使你朦胧的看不见渐渐走近的死神的可怖手爪，只是呆呆的躺着，让憧憧的魔影自由的继续的来往于你丰富的幻想之中，或是面对面的望着一个无底深坑里面有许多不敢见阳光的丑物蠕动着，恶臭时时向你扑来，你却被缚在那里，一毫也动不得，并且有肉体的苦痛，时时抽过四肢，逼榨出短促的呻吟，抽挛起脸部的筋肉：这便是社会对你这诗人的酬报。

记得头一次与你相会，是在南京的清凉山上杏院之内。半年后，我去上海。又一年，我来北京，不料复见你于此地。我们的神交便开始于这时。就是那冬天，你的吐血，旧病复发，厉害得很。幸亏有丘君元武无日无夜的看护你，病渐渐的退了。你病中曾经有信给我，说你看看就要不济事了，这世界是我们健全者的世界，你不能再在这里多留恋了。夏天我从你那处听到子惠去世的消息，哪知不到几天你自己也病了下来。你的害病，我们真是看得惯了。夏天又是最易感冒之时，并且冬天的大病，你都平安的度了过来，所以我当时并不在意。谁知道天下竟有巧到这样的事？子惠去世还不过一月，你也跟着不在了呢！

你死后我才从你的老相好处，听到说你过去的生活，你过去的浪漫的生活。你的安葬，也是他们当中的两个：龚君业光与周君容料理的。一个可以说是无家的孩子，如无根之蓬般的漂流，有时陪着生意人在深山野谷中行旅，可以整天的不见人烟，只有青的山色、绿的树色笼绕在四周，驮货的驴子项间有铜铃节奏的响着。远方时时有山泉或河流的琤琮随风送来，各色的山鸟有些叫得舒缓而悠远，有些叫得高亢而圆润，自烟雾的早晨经过流汗的正午，到柔软的黄昏，一直在你的耳边和鸣着。也有时你随船户从急流中淌下船来。两岸是高峻的山岩，倾斜得如同就要倒塌下来一般。山径上偶尔有樵夫背着柴担怡然的唱着山歌，走过河里，是急迫的桨声，应和着波浪舐船舷与石岸的声响。你在船舱里跟着船身左右的颠簸，那时你不过十来岁，已经单身上路，押领着一船的货物在大鱼般的船上，鸟翼般的篷下，过这种漂泊的生活了。临终的时候，在渐退渐远的意识中，你的灵魂总该是脱离了丑恶的城市，险诈的社会，飘飘的化入了山野的芬芳空气中，或是挟着水雾吹过的河风之内了罢？

在那时候，你的眼前，一定也闪过你长沙城内学校生活的幻影，那时的与黄金的夕云一般灿烂缥缈的青春之梦，那时的与自祖母的磁罐内偷出的糕饼一般鲜美的少年之快乐，那时的与夏天绿树枝头的雨阵一般的来得骤去得快，只是在枝叶上添加了一重鲜色，在空气中勾起了一片清味的少年之悲哀，还有那沸腾的热血、激烈的言辞、危险的受戒、炸弹的摩挲，也都随了回忆在忽明的眼珠中，骤然的面庞上，与渐退的血潮，慢慢的淹没入迷瞀之海了。

我不知道你在临终的时候，可反悔作诗不？你幽灵般自长沙飘来北京，又去上海，又去宁波，又去南京，又来北京；来无声息，去无声息，孤鸿般的在寥廓的天空内，任了北风摆布，只是对着在你身边漂过的白云哀啼数声，或是白荷般的自污浊的人间逃出，躲入诗歌的池沼，一声不响的低头自顾幽影，或是仰望高天，对着月亮，悄然落晶莹的眼泪，看天河边坠下了一颗流星，你的灵魂已经滑入了那乳白色的乐土与李贺、济慈同住了。

巢父掉头不肯住，
东将入海随烟雾。
诗卷长留天地间，
钓竿欲拂珊瑚树。

你的诗卷中间有歌与我俩的诗卷，无疑的要长留在天地间，她像一个带病的女郎，无论她会瘦到哪一种地步，她那天生的娟秀，总在那里，你在新诗的音节上，有不可埋没的功绩。现在你是已经吹着笙飞上了天，只剩着也许玄思的诗人与我两个在地上了，我们能不更加自奋吗？

书

拿起一本书来，先不必研究它的内容，只是它的外形，就已经很够我们的赏鉴了。

那眼睛看来最舒服的黄色毛边纸，单是纸色已经在我们的心目中引起一种幻觉，令我们以为这书是一个逃免了时间之摧残的遗民。它所以能幸免而来与我们相见的这段历史的本身，就已经是一本书，值得我们的思索、感叹，更不须提起它的内含的真或美了。

还有那一个个正方的形状，美丽的单字，每个字的构成，都是一首诗；每个字的沿革，都是一部历史。飙是三条狗的风：在秋高草枯的旷野上，天上是一片青，地上是一片赭，中疾的猎犬风一般快的驰过，嗅着受伤之兽在草中滴下的血腥，顺了方向追去，听到枯草飒索的响，有如秋风卷过去一般。昏是婚的古字：在太阳下了山，对面不见人的时候，有一群人骑着马，擎着红光闪闪的火把，悄悄向一个人家走近。等着到了竹篱柴门之旁的时候，在狗吠声中，趁着门还未闭，一声喊齐拥而入，让新郎从打麦场上挟起惊呼的新娘打马而回。同来的人则抵挡着新娘的父兄，作个不打不成交的亲家。

印书的字体有许多种：宋体挺秀有如柳字，麻沙体夭矫有如欧字，书法体娟秀有如褚字，楷体端方有如颜字。楷体是最常见的了。这里面又分出许多不同的种类来：一种是通行的正方体；还有一种是窄长的楷体，棱角最显；一种是扁短的楷体，浑厚颇有古风。还有写的书：或全体楷体，或半楷体，它们不单看来有一种密切的感觉，并且有时有古代的写本，很足以考证今本的印误，以及文字的假借。

如果在你面前的是一本旧书，则开章第一篇你便将看见许多朱色的印章，有的是雅号，有的是姓名。在这些姓名别号之中，你说不定可以发现古代的收藏家或是名倾一世的文人，那时候你便可以让幻想驰骋于这朱红的方场之中，构成许多缥缈的空中楼阁来。还有那些朱圈，有的圈得豪放，有的圈得森严，你可以就它们的姿态，以及它们的位置，悬想出读这本书的人是一个少年，还是老人；是一个放荡不羁的才子，还是老成持重的儒者。你也能借此揣摩出这主人翁的命运：他的书何以流散到了人间？是子孙不肖，将它舍弃了？是遭兵逃反，被一班庸奴偷窃出了他的藏书楼？还是运气不好，家道中衰，自己将它售卖了，来填偿债务，或是支持家庭？书的旧主人是这样。我呢？我这书的今主人呢？他当时对春雕花的端砚，拿起新发的朱笔，在清淡的炉香气息中，圈点这本他心爱的书，那时候，他是决想不到这本书的未来命运，他自己的未来命运，是个怎样结局的；正如这现在读着这本书的我，不能知道我未来的命运将要如何一般。

更进一层，让我们来想象那作书人的命运：他的悲哀，他的失望，无一不自然的流露在这本书的字里行间。让我们读的时候，时而跟着他啼，时而为他扼腕叹息。要是，不幸上再加上不幸，遇到秦始皇或是董卓，将他一生心血呕成的文章，一把火烧为乌有；或是像《金瓶梅》、《红楼梦》、《水浒》一般命运，被浅见者标作禁书，那更是多么可惜的事情呵！

天下事真是不如意的多。不讲别的，只说书这件东西，它是再与世无争也没有的了，也都要受这种厄运的摧残。至于那琉璃一般脆弱的美人，白鹤一般兀傲的文士，他们的遭忌更是不言可喻了。试想含意未伸的文人，他们在不得意时，有的樵采，有的放牛，不仅无异于庸人，并且备受家人或主子的轻蔑与凌辱；然而他们天生得性格倔强，世俗越对他白眼，他却越有精神。他们有的把柴挑在背后，拿书在手里读；有的骑在牛背上，将书挂在牛角上读；有的在蚊声如雷的夏夜，囊了萤照着书读；有的在寒风冻指的冬夜，拿了书映着雪读。然而时光是不等人的，等到他们学问已成的时候，眼光是早已花了，头发是早已白了，只是在他们的头额上新添加了一些深而长的皱纹。

咳！不如趁着眼睛还清朗，鬓发尚未成霜，多读一读“人生”这本书罢！

空中楼阁

你说不定要问：空中怎么建造得起楼阁来呢？连流星那么小雪片那么轻的东西都要从空中坠落下来，落花一般的坠落下来，更何况楼阁？我也不知怎样的，然而空中实在是有楼阁。玉皇大帝的灵霄宝殿、王母的瑶池同蟠桃园、老君的炼丹房以及三十三天中一切的洞天仙府，真是数不尽说不完的。它们之中，只须有一座从半空倒下来，我们地上这班凡人，就会没命了。幸而相安无事，至今还不曾发生过什么危险。虽然古时有过共工用头（这头一定比小说内所讲的铜头铁臂的铜头还要结实）碰断天柱的事体发生，不过侥幸女娲补的快，还不曾闹出什么大岔子，只是在雨后澄霁的时光，偶尔还看见那弧形的五彩裂纹依然存在着。现在是没有共工那种人了，我们尽可放心的睡眠，不必杞人忧天罢！

共工真是一个傻子，不顾别人的性命，还有可说；他却连自己的性命都不顾了。也很难讲，谁敢说他不是觉着人间的房屋太低陋龌龊了，要打通一条上天的路，领着他的一班手下的人，学齐天大圣那样的去大闹一次天宫，把玉皇大帝赶下宝座，他自己却与一班手下人霸占起一切的空中楼阁呢。女娲一定是为了凡间的姊妹大起恐慌，因为那班急色的男子，最喜欢想仙女的心思。他们遇到一个美貌的女子，总是称赞她像天仙。万一共工同他的将士，真正上了天，他们还不个个都作起刘晨、阮肇来，将家中一班怨女，都抛撇在人间守活寡吗？

并且天上的宫殿，都是拿蔚蓝的玉石铺地，黄金的暮云筑墙，灯是圆大的朝阳，烛是辉煌的彗星，也难怪共工想登天了。在那边园囿之中，有白的梅花鹿，遨游月宫的白兔，耸着耳朵坐在钵前，用一对前掌握着玉杵捣霜，还有填桥的喜鹊鼓噪，衔书的青鸟飞翔，萧史跨着的凤凰在空中巧啭着它那比萧还悠扬宛转的歌声。银白的天河在平原中无声的流过，岸旁茂生着梨花一般白的碧桃，累累垂有长生之果的蟠桃，引刘阮入天台的绛桃。别的树木更是多不胜举。菌形的灵芝黑得如同一柄墨玉的如意。郊野之中，也有许多的虫豸，蚀月的蟾蜍呵，啼声像鬼哭的九头鸟呵，天狼呵，天狗呵，牛郎的牛呵，老君的牛呵，还有那张果老骑的驴子，它都比凡人尊贵，能够住在天上。

咳！在古代不说作人了！就是作鸡狗都有福气。那时的人修行得道，连家中的鸡狗，都是跟着飞升的。你瞧那公鸡，它斜了眼睛，尽向天上望，它一定是在羡慕它的那些白日飞升的祖宗呢。空中的楼阁，海上的蜃楼，深山的洞府，世外的桃源，完了，都完了，生在现代的人，既没有琴高的鲤，太白的鲸鱼，骑着去访海外的仙山；也没有黄帝的龙，后羿的金乌，跨了去游空中的楼阁。

寓　言

从前的时候，人不怕老虎，老虎也不咬人。

有一天，王大在山里打了许多野鸡野兔，太多了，他一个人驮不动，只好分些绑在猎犬的背上，惹得那狗涎垂一尺，尽拿舌头去舐鼻子。猎户一面走着，一面心里盘算哪只兔子留着送女相好，哪只野鸡拿去镇上卖了钱推牌九。

他正这样思忖的时候，忽见前头来了一只老虎，垂头丧气的与一个大输而回的赌徒差不多。

王大说："您好呀？寅先生为何这般愁闷，愁闷得像一匹丧家之犬。看你那尾巴，向来是直如钢鞭的，如今却夹起在大腿之间了；还有那脚步向来是快如风的，如今也像缠了脚的老太太，进三步退两步了。"

老虎说："王老，你有所不知，说起来话真长着呢！"说到这里，它叹气连天的。"我家有八旬老母，双眼皆瞎，又有才满月的豚儿，还睡在摇篮里，偏偏在这时把拙荆亡去了。今天一清早，我就出去寻找食物，走了一个整天——"说到这里，它忽然看见王大背上与猎犬背上满载着的野品，便道：“呀，原来都在这里，怪不得我空跑了一天呢！”

它接着哀恳道：“王老，先下手为强，这句俗语我也知道。不过，我实在是家有老母小儿，它们已经整天不曾有一物下咽了。我如今正年富力强，饿上十天半个月还不打紧，它们一老一幼，却怎么捱得过呢！万一它们有个长短——”

它说到这里，忍不住的伤心大哭起来，一颗颗的眼泪，从大而圆的眼眶里面滴下，好像许多李子杏子似的。它的哭声惊动了头顶上树枝间的割麦插禾，一齐飞入天空，问道：“这是为何？这是为何？”

王大只是摇头。

老虎又哀求道：“不看金面看佛面，我前生也姓王，只看我额上的王字便是记认。你对于同宗，难道也忍心坐视不救吗？”

王大只是摇头。

老虎陡然暴怒起来，它大吼一声，跳上去把王大的头一口咬下来，说道：“看你再摇，这铁石心肠的畜生！”

猎狗摇着尾巴，笑嘻嘻的说：“大王，你过劳贵体了，让小畜替你把这些野鸡野兔连着王大的身体一齐驮去宝洞罢！”

自此之后，老虎知道人是一种贱的东西，只怕强权，不讲道理，于是逢着便咬，报它昔日的仇。

迎　神

——过檀香山岛作

是一个弦月之夜。白色的祈塔与巨石的祭坛竖立在海岸沙滩上。晚汐舐黄沙作声，一道道的湖水好像些白龙自海底应召而来。干如垩过的伞形棕榈静立在微光之下。朦胧中可以看见祭场四隅及中央的木雕与石镌的窄长而幻怪的神首，有如适从地府伸出头来，身躯尚在黄泉之内似的。

祭司身上一丝不挂，手执香炬，虔步入白塔之中。他旋转上塔的最高层，在寂静与缥缈中对着天空海洋默祷，求神祇下降。

祷了又祷，直至一颗星落下苍穹：神祇降了！他狂喜的——因为这一夜他若是祷不下大神来，便将被土人视为污渎而剥皮——他狂喜的挽起角螺来，自东西南北四方的窗棂吹出迎神之调，到居住在茅草铺的、或板木搭的房屋的岛民耳中，叫他们知道，神祇降了！

他们一片欢呼的，在袒裸之棕色身躯上围起青草扎成的短裙，把那用头发与鲸牙雕具编的圈练悬挂在颈项，手里敲着硕大的葫芦。舞蹈到沙滩之上来。

岛王闻声，披起了犬牙编制的胸甲，排列仪仗，双掌高捧一个白羽为面、赤羽为眉目口鼻的神首，领着王后宫女与侍卫的武士，也向沙滩而来。

祭坛上已经燃了鲸膏之燎。燎火闪烁的照见坛的四围，以及各神首的周遭，都有岛民绕着在狂舞高歌。沉重郁闷的葫芦声响，嘹亮嘈杂的金器铿锵，杂着坛上燎火中柴木的爆裂，融合成了一曲热烈而奇异的迎神之歌。

但葫芦金器的声响，忽然停了，歌唱也止了，因为他们看见白羽的神面捧到了祭坛的燎火当前，他们一齐匍匐上了白沙之地。

侍御的胡刺乐工轻拨动胡刺的胶弦，在悄静中低语。有如从辽远的古昔中，行近了逝者的叹声，叹那些先他们而离世的泉下人，有些是漂着一叶刀鱼形的小舟，一去不回，葬身在鱼腹之中；有些是在这四周被海围起的小岛上，同繁殖的兽群争竞一息的生机，终于丧了生命。弦声颤抖着，哽咽着，把岛民的悲哀挣扎，一齐倾吐在这悄然谛听着的神首之前，求他继续着他的庇佑。不然，那终古拿舌舐着这岛屿的洋便会携带了长喙的鳄鱼、银甲的鲨鱼、须锐长如矛头的巨虾、头庞大过屋舍的长鲸，以及数不清的粘胶、恶臭、瘤疖满身如蟾拨、形状丑怪如魔鬼的海中物类，来湮没尽这岛屿，吞咽尽这些虔诚的男女，那时纯洁的祈塔、巩固的祭坛都要随了人类荡涤净尽，更无匏金的声响、舞蹈的火焰，来娱悦这羽翼此岛的神祇了。

祭祀的牺牲这时已经都陈设在祭坛之上，白如处女的兔子、披着彩衣的野雉、四掌有如鱼鳍的玳瑁、花皮有如人工的鱼类、顶戴王冠的波罗蜜、芬芳远溢的五谷——这些都由祭司捧着，绕行白羽的神面三周，投入了跳跃着伸舌的燎火之中。白烟挟着香味，像一条蜿蜒的白蛇升上了天空。

岛民又立起身，绕着白羽的神面，歌唱起来。这送神之歌不像迎神时那样嘈杂不安了。它像一个催眠的歌调，茅屋中袒裸的母亲在身画龙蛇的婴孩的摇篮旁边低吟的一个催眠的歌调；它好像自近而远，送神祇随了白烟飞腾上夜云之幕，送那如梦中幻景的一声不响的岛王与仪仗捧着白羽的神面复回岛宫，送那镰刀形的弦月暂时朦胧在昼夜无眠的浪涛上，终于沉下了海底。

和平与黑暗降下了这一片人已散尽火已烬灭的平沙之上，只有高耸的塔影、酣眠的棕榈尚可依稀的看见。

日与月的神话

景深兄：近来作了几首英文诗，是取材自我国的神话，作时猛然悟出这些神话是极其美丽。即如太阳在文学中叫作金乌，这名字已经用滥了。但是我们把这两个字揣摩一番之后，便可知道它们好像一颗金橘，在很小的果皮之内蕴满了想象的甜汁，虽然随处都有，见年复生，仍旧减去不了它的佳妙。把太阳比作乌鸦，有两层道理：很显明的一层便是太阳飞过天空像乌鸦一样，第二层道理是人在向太阳直望了一刻之后，转看他物，便如有一黑物阻梗在眼前。古人的想象把这黑的观念同飞的观念联络起来，于是把太阳比作了乌鸦。乌鸦的毛，因光泽之故，对光看时，呈现金色。这更使这比喻来得的确。

日起扶桑，日落若木：这并非异想天开，确有道理。太阳起落之时，云霞确实像树，枝条四展的树。若木的若字最有意味。并且乌鸦不是筑巢在树上吗？日起落时的霞彩是宇宙中美景之一，中外的诗人都曾极力描写过，有人比它作头发，那是英国的 Spenser，他的那行诗是状比朝霞，我忘记掉了，不过雪莱套他写了一行 Blind with thine hair the eyes of day（见《夜》），有人比它作阑干，那是英国的济慈，那行诗是 When barred clouds bloom the soft—dying day（见《秋曲》），我在《日色》中也曾写过这样几行：

云天上幻出扇形，
仿佛羲和的车轮，
慢慢的。
沉没下西方。

这些譬喻中，试问，哪一个能胜过“扶桑”——桑，对了，那是中国的国树，不是 oak，不是 fir，不是 linden，不是 holly——试问哪一个能胜过“若木”——从“艹”字头的若，骤看起来，真像一个树名呢。

月亮有神，这是无论哪一国都哪般想象的。但是自有文化的一两万年以来，却不曾有过一国像我们中国这样，对于月亮中的黑影也加以想象的解释。桂树便是这样在月宫旁生长了起来。缥缈的桂花香息虽能稍解望月的人对这一轮圆镜中阴影的憎恶，古人的想象终于免不了造出一个吴刚来，掮起斧头去砍树根。但是斧头尽管砍它的，阴影仍然存留着。这当然是因为吴刚太老了，不中用了。要是换个壮汉子运斤成风，桂树是早已砍倒了。

后羿射落九日，只留一日，这传说的来源极古。年代久远，后人便把羿与太阳混合在了一起。他们见月升于日落时，日出时又隐去，便想象这是太阳在追赶着月亮。不能是月亮追赶太阳，因为从不曾有过阴追赶阳的事情。在他们想象中，太阳是后羿，于是月亮便成为了他的逃妻。其实我们知道，后羿的妻子并不曾偷到什么不死之药吞了，逃去月中作了月神，她是被后羿的国相寒础偷了！月亮里有兔子那是当然。并且是白的家兔，不是黄的野兔。这畜生捣霜的本领委实太差：你看那月光下的草地，不是溅满了霜沫吗？

画 虎

“画虎不成反类狗，刻鹄不成终类鹜。”自从这两句话一说出口，中国人便一天没有出息似一天了。

谁想得到这两句话是南征交趾的马援说的。听他说这话的侄儿，如若明白道理，一定会反问：“伯伯，你老人家当初征交趾的时候，可曾这样想过：征交趾如若不成功，那就要送命，不如作一篇《南征赋》罢，因为《南征赋》作不成，终究留得有一条性命。”

这两句话为后人奉作至宝。单就文学方面来讲，一班胆小如鼠的老前辈便是这样警劝后生：学老杜罢，学老杜罢，千万不要学李太白。因为老杜学不成，你至少还有个架子；学不成李的时候，你简直一无所有了。这学的风气一盛，李杜便从此不再出现于中国诗坛之上了。所有的只是一些杜的架子、或一些李的架子。试问这些行尸走肉的架子、这些骷髅，它们有什么用？光天化日之下，与其让这些怪物来显形，倒不如一无所有反而好些。因为人真知道了无，才能创造有；拥着伪有的时候，决无创造真有之望。

狗，鹜。鹜真强似狗吗？试问它们两个当中，是谁怕谁？是狗怕鹜呢？还是鹜怕狗？是谁最聪明，能够永远警醒，无论小偷的脚步多么轻，它都能立刻扬起愤怒之呼声将鄙贱惊退？

画不成的老虎，真像狗；刻不成的鸿鹄，真像鹜吗？不然，不然。成功了便是虎同鹄，不成功时便都是怪物。

成功又分两种：一种是画匠的成功，一种是画家的成功。画匠只能模拟虎与鹄的形色，求到一个像罢了。画家他深探入创形的秘密，发见这形后面有一个什么神，发号施令，在陆地则赋形为劲悍的肢体、钜丽的皮革，在天空则赋形为剽疾的翮翼、润泽的羽毛：他然后以形与色为血肉毛骨，纳入那神，搏成他自在己的虎鹄。

拿物质文明来比方：研究人类科学的人如若只能亦步亦趋，最多也不过贩进一些西洋的政治学、经济学，既不合时宜，又常多短缺。实用物质科学的人如若只知萧规曹随，最多也不过摹成一些欧式的工厂商店，重演出惨剧，肥寡下肥众。日本便是这样：它古代摹拟到一点中国的文化，有了它的文字、美术；近代摹拟到一点西方的文化，有了它的社会实业：它只是国家中的画匠。我们这有几千年特质文化的国家不该如此。我们应该贯进物质文化的内心，搜出各根柢的原理，观察它们是怎样配合的，怎样变化的，再追求这些原理之中有哪些应当铲除，此外还有些什么原理应当加入，然后淘汰扩张，重新交配，重新演化，以造成东方的物质文化。

东方的画师呀！麒麟死了，狮子睡了，你还不应该拿起那支当时伏羲画八卦的笔来，在朝阳的丹凤声中，点了睛，让困在壁间的龙腾越上苍天吗？

徒步旅行者

往常看见报纸上登载着某人某人徒步旅行的新闻，我总在心上泛起一种辽远的感觉，觉得这些徒步旅行者是属于另一个世界——一个浪漫的世界；他们与我，一个刻板式的家居者，是完全道不同不相为谋的。我思忖着，每人与生俱来的都带有一点冒险性，即使他是中国人，一个最缺乏冒险性的民族……希腊人不也是一个习于家居，不愿轻易的离开乡土的民族么？然而几千年来的文学中，那个最浪漫的冒险故事，《奥德赛》，它正是希腊民族的产品。这一点冒险性既是内在的，它必然就要去自寻外发的途径，大规模的或是小规模的，顾及实益的或是超乎实益的。林德白的横渡大西洋飞航，孛尔得的南极探险，这些都是大规模的，因之也不得不是顾及实益的，——虽然不一定是顾虑到个人的实益，——唯有小规模的徒步旅行，它是超乎实益的，它并不曾存着一种目的，任是扩大国家的版图，或是准备将来军事上的需要，或是采集科学上的文献；徒步旅行如其有目的，我们最多也不过能说它是一种虚荣心的满足，这也是人情，不能加以非议——那一张沿途上行政人物的签名单也算不了什么宝贝，我们这些安逸的家居者倒不必去眼红，尽管由它去落在徒步旅行者的手中，作一个纪念品好了。这一种的虚荣心倒远强似那种两个人骂街，都要占最后一句话的上风的虚荣心。所以，就一方面说来，徒步旅行也能算得是艺术的。

史蒂文生作过一篇《徒步旅行》，说得津津有味；往常我读它，也只是用了文学的眼光，就好像读他的《骑驴旅行》那样。一直到后来，在文学传记中知道了史氏自己是曾经尝过徒步旅行的苦楚的，是曾经在美国西部——这地方离开苏格兰，他的故乡，是多么远！——步行了多时，终于倒在地上，累的还是饿的呢，我记不清楚了，幸亏有人走过，将他救了转来的，到了这时候，我回想起来他的那篇《徒步旅行》，那篇文笔如彼轻灵的小品文，我便十分亲切的感觉到，好的文学确是痛苦的结晶品；我又肃敬的感觉到，史氏身受到人生的痛苦而不容许这种丑恶的痛苦侵入他的文字之中，实在不愧为一个伟大的客观的艺术家，那“为艺术而艺术”的一句话，史氏确是可以当之而无愧。

史氏又有一篇短篇小说，“Providence and the Guitar”，里面描写一个富有波希米亚性的歌者的浪游，那篇短篇小说的性质又与上引的《徒步旅行》不同，那是《吉诃德先生》的一幅缩影，与孟代（Catulle Mendés）的Je m’en vais par les chemins，li—re—lin一首歌词的境地倒是类似。孟氏的这首歌词说一个诗人浪游于原野之上，布袋里有一块白面包，口袋里有三个铜钱，——心坎里有他的爱友，——等到白面包与铜钱都被扉手给捞去了的时候，他邀请这个扉手把他的口袋也一齐捞去，因为他在心坎里依然存得有他的爱友。这是中古时代行吟诗人 Troubadour 的派头；没有中古时代，便容不了这些行吟诗人，连危用（Villon）都嫌生迟了时代，何况孟氏。这个，我们只能认它作孟氏的取其快意的寄寓之词罢了。

就那个由浪游者改行作了诗人的岱维士（W.H.Davies）说来，徒步旅行实在是他的拿手——虽说能以偷车的时候，他也乐得偷车。据他的《自传》所说，徒步旅行有两种苦处，狗与雨。他的《自传》那篇诚实的毫不浮夸的记载，只是很简单的一笔便将狗这一层苦处带过去了；不知道他是怕狗的呢，还是他作过对不住狗这一族的事，——至少，我们可以想象得出，狗的多事未尝不是为了主人，这个，就一个同情心最开阔的诗人说来，岱氏是应当已经宽恕了的；不过，在当时，肚里空着，身上冻着，腿上酸着，羞辱在他的心上，脸上，再还要加上那一阵吠声，紧追在背后提醒着他，如今是处在怎样的一种景况之内，这个，便无论一个人的容量有多么大，岱氏想必也是不能不介然于怀的。关于雨这一层苦处，岱氏说得很详尽；这个雨并非

润物细无声

的那种毛毛雨，（其实说来，并不一定要它有声，只要它润了一天一夜，徒步旅行者便要在身上，心上沉重许多斤了。）这个雨也并非

花落知多少

的那种隔岸观火的家居者的闲情逸致的雨；它不是一幅画中的风景，它是一种宇宙中的实体，濡湿的，寒冷的，泥泞的。那连三接四的梅雨，就家居者看来，都是十分烦闷，惹厌，要耽误他们的许多事务，败兴他们的各种娱乐；何况是在没遮拦的荒野中，那雨向你的身上，向你的没有穿着雨衣的身上洒来，浸入，路旁虽说有漾出火光的房屋，但是那两扇门向了你紧闭着，好像一张方口哑笑的向了你在张大，深刻化你的孤单，寒冷的感觉，这时候的雨是怎么一种滋味，你总也可以想象得出罢……不然，你可以去读岱氏的《自传》，去咀嚼杜甫的

布衾多年冷似铁，
娇儿恶卧踏里裂，
长夜沾湿何由彻！

那三句诗；再不然，你可以牺牲了安逸的家居，去作一个毫无准备的徒步旅行者。

杜甫也是一个迫于无奈的徒步旅行者；只要看他的

芒鞋见天子，
脱袖露两肘。

这寥寥十个字，我们便可以想象得出，他是步行了多少的时日，在途中与多少的困苦摩肩而过，以致两只衣袖都烂脱了；我们更可以想象开去，他穿着一双草鞋，多半是破的，去朝见皇帝于宫庭之上，在许多衣冠整肃的官吏当中，那是，就他自己说来，够多么可惨的一种境况；那是，就俗人说来，多么叫人齿冷的一种境况……至所谓

相见惊老丑

他还只曾说到他的“所亲”呢。

我记得有一次坐火车经过黄河铁桥，正在一座一座的数计着铁栏的时候，看见一个老年的徒步旅行者站在桥的边沿，穿着破旧的还没有脱袖的短袄，背着一把雨伞，伞柄上吊着一个包袱；我当时心上所泛起的只是一种辽远的感觉，以及一种自己增加了坐火车的舒适的感觉……人类的囿于自我的根性呀！像我这样一个从事于文学的人尚且如此，旁人

还能加以责备么？现在我所唯一引以自慰的，便是我还不曾堕落到那种嘲笑他们那般徒步旅行者的田地；杜甫的诗的沉痛，我当时虽是不能体味到，至少，我还没有嘲笑，我还没有自绝于这种体味。淡漠还算得是人之常情；敌视便是鄙俗了。

西方的徒步旅行者，我是说的那种迫于无奈的，我不知道他们是怎么一种行头，虽说吉卜西的描写与他们的插图我是看见过的，大概就是那般在街上卖毯子的俄国人的装束，就那般瑟缩在轮船的甲板上的外国人的装束想象开去，我们也可以捉摸到一二了……这许多漂泊的异乡人内，不知道也有多少《哀王孙》的诗料呢。

这卖毯子的人教我联想到危用，那个被驱出巴黎的徒步旅行者。他因为与同党窃售教堂中的物件，下了监牢，在牢里作成了那篇传诵到今的《吊死曲》，他是准备着上绞台的了；遇到皇帝登位，怜惜他的诗才，将他大赦，流徒出京城，这个“巴黎大学”的硕士，驰名于全巴黎的诗人便卢梭式的维持着生活，向南方步行而去；在奥类昂公爵（Charles d’Orl’eans 也是一个驰名的诗人）的堡邸中，他逗留了一时，与公爵以及公爵的侍臣唱和了一篇限题为

在泉水的边沿我渴得要死

的 ballade（巴俚曲），——大概也借了几个钱；——接着，他又开始了他的浪游，一直到保兜地方，他才停歇了下来，因为又犯了事，被逼得停歇在一个地窖里。这又是教堂中人干的事；那个定罪名的主教治得他真厉害，不给他水喝，——忘记了耶稣曾经感化过一个妓女，——只给他面包吃，还不是新鲜的，他睡去了的时候，还要让地窖里的老鼠来分食这已经是少量的陈面包。徒步旅行者的生活到了这种田地，也算得无以复加了。

江行的晨暮

美在任何的地方，即使是古老的城外，一个轮船码头的上面。

等船，在划子上，在暮秋夜里九点钟的时候，有一点冷的风。天与江，都暗了；不过，仔细的看去，江水还浮着黄色。中间所横着的一条深黑，那是江的南岸。

在众星的点缀里，长庚星闪耀得像一盏较远的电灯。一条水银色的光带晃动在江水之上。看得见一盏红色的渔灯。

岸上的房屋是一排黑的轮廓。一条趸船在四五丈以外的地点。模糊的电灯，平时令人不快的，在这时候，在这条趸船上，反而，不仅是悦目，简直是美了。在它的光围下面，聚集着有一些人形的轮廓。不过，并听不见人声，像这条划子上这样。

忽然间，在前面江心里，有一些黝黯的帆船顺流而下，没有声音，像一些巨大的鸟。

一个商埠旁边的清晨。

太阳升上了有二十度；覆碗的月亮与地平线还有四十度的距离。几大片鳞云黏在浅碧的天空里；看来，云好像是在太阳的后面，并且远了不少。

山岭披着古铜色的衣，褶痕是大有画意的。

水汽腾上有两尺多高。有几只肥大的鸥鸟，它们，在阳光之内，暂时的闪白。

月亮是在左舷的这边。

水汽腾上有一尺多高；在这边，它是时隐时显的。在船影之内，它简直是看不见了。

颜色十分清润的，是远洲上的列树，水平线上的帆船。江水由船边的黄到中心的铁青到岸边的银灰色。有几只小轮在喷吐着煤烟：在烟囱的端际，它是黑色，在船影里，淡青，米色，苍白；在斜映着的阳光里，棕黄。

清晨时候的江行是色彩的。

烟　卷

我吸烟是近四年来的事——从前我所进的学校里，是禁止烟酒的，——不过我同烟卷发生关系，却是已经二十年了。那是说的烟卷盒中的画片，我在十岁左右的时候，便开始收集了。我到如今还记得我当时对于那些画片的搜罗是多么热情，正如我当时对于收集各色的手工纸，各国的邮票那样。有的是由家里的烟卷盒中取来的，恨不得大人一天能抽十盒烟才好；还有的是用制钱——当时还用制钱，——去，跑去，杂货铺里买来的。儿童时代也自有儿童时代的欢喜与失望：单就搜集画片这一项来说，我还记得当时如其有一天那烟盒中的画片要是与从前的重复了，并不是一张新的，至少有半天，我的情感是要梗滞着，不舒服，徒然的在心中希冀着改变那既成的事实。收集全了一套画片的时候，心里又是多么欢喜！那便是一个成人与他所恋爱的女子结了婚，一个在政界上钻营的人一旦得了肥缺，当时所体验到的鼓舞，也不能在程度上超越过去。

便是烟卷盒中的画片这一种小件的东西，就中都能以窥得出社会上风气的转移。如今的画片，千篇一律的，是印着时装的女子，或是侠义小说中的情节；这一种的风气，在另一方面表现出来，便是肉欲小说与新侠义小说的风行，再在另一方面表现出来，便是跳舞馆像雨后春笋一般的竖立起来，未成年的幼者弃家弃业的去求侠客的记载不断的出现于报纸之上。在二十年前，也未尝没有西洋美女的照相画片，——性，那原是古今中外一律的一种强有力的引诱；在十年以前，我自己还拿十岁时候所收集的西洋美女的照相画片之内的一张剪出来，插在钱夹里。——也未尝没有《水浒》上一百零八人的画片，——《水浒》，它本来是一部文学的价值既高，深入民心的程度又深的书籍，可以算是古代的白话文学中唯一的能以将男性充分的发挥出来的长篇小说，（我当时的失望啊，为了再也搜罗不到玉麒麟卢俊义这张画片的缘故！）——不过在二十年前，也同时有军舰的照相画片，英国的各时代的名舰的画片，海陆军官的照相画片，世界上各地方的出产物的画片，……这二十年以来，外国对于我国的态度无可异议的是变了，期待改变成了藐视，理想上的希望改变成了实际上的取利；由画片这一小项来看，都可以明显的看见了。

当时我所收集的各种画片之内，有一种是我所最喜欢的，并不是为的它印刷精美，也不是为的它搜罗繁难。它是在每张之上画出来一句成语或一联的意义，而那些的绘画，或许是不自觉的，多少含有一些滑稽的意味。“若要工夫深，钝铁磨成针”，“爬得高，跌得重”，以及许多同类的成语，都寓庄于谐的在绘画中实体的演现了出来，映入了一个上“修身”课，读古文的高小学生的视觉……当时还没有《儿童世界》、《小朋友》，这一种的画片便成为我的童年时代的《儿童世界》、《小朋友》了。

画片，这不过是烟卷盒中的附属品，为了吸烟卷的家庭中那般儿童而预备的，在中国这个教育，尤其是儿童教育落伍的国家，一切含有教育意义的事物，当然都是应该欢迎、提倡的。——不过就一般为吸烟而吸烟的人说来，画片可以说是视而不见的；所以在出售于外国的高低各种，出售于中国的一些烟盒、烟罐之内，画片这一项节目是蠲除去了。

烟卷的气味我是从小就闻惯了，嗅它的时候，我自然也是感觉到有一种香味，——还有些时候，我撮拢了双掌，将烟气向嗅官招了来闻；至于吸烟，少年时代的我也未尝没有尝试过，但是并没有尝出了什么好处来，像吃甜味的糖，咸味的菜那样，所以便弃置了不去继续，——并且在心里坚信着，大人的说话是不错的，他们不是说了，烟卷虽是嗅着烟气算香，吸起来都是没有什么甜头，并且晕脑的么？

我正式的第一次抽烟卷，是在二十六岁左右，在美国西部等船回国的时候；我正式的第一次所抽的烟卷，是美国国内最通行的一种烟卷，“幸中”（Lucky Strike）。因为我在报纸、杂志之上时常看到这种烟卷的触目的广告，而我对于烟卷又完全是一个外行，当时为了等船期内的无聊，感觉到抽烟卷也算得一条便利的出路，于是我的“幸中”便落在这一种烟卷的身上。

船过日本的时候，也抽过日本的国产烟卷，小号的，用了日本的国产火柴，小匣的。

回国以后，服务于一个古旧狭窄的省会之内；那时正是“美丽牌”初兴的时候，我因为它含有一点甜味，或许烟叶是用甘草焙过的，我便抽它。也曾经断过烟，不过数日之后，发现口的内部的软骨肉上起了一些水泡，大概是因为初由水料清洁的外国回来，漱口时用不惯霉菌充斥着的江水、井水的缘故，于是烟卷又照旧的吸了起来，数日之后，那些口内的水泡居然无形中消灭了；从此以后，抽烟卷便成为我的一种习惯了。医学所说的烟卷有毒的这一类话，报纸上所登载的某医士主张烟卷有益于人体以及某人用烟卷支持了多日的生存的那一类消息，我同样的不介于怀……大家都抽烟卷，我为什么不？如其它是有毒的，那么茶叶也是有毒的，而茶叶在中国原是一种民需，又是一种骚人墨客的清赏品，并且由中国销行到了全世界，——好像烟草由热带流传遍了全世界那样。有人说，古代的饮料，中国幸亏有茶，西方幸亏有啤酒，不然，都来喝冷水，恐怕人种早已绝迹于地面了，这或许是一种快意之言，不过，事物都是有正面与反面的。烟、酒，据医学而言，都是有毒的，但是鸦片与白兰地，医士也拿了来治病。一种物件

我们不能说是有毒或无毒，
只能说，适当，不适当的程度，
在施用的时候。

抽烟卷正式的成为我的一种习惯以后，我便由一天几支加到了一天几十支，并且，驱于好奇心，迫于环境，各种的烟卷我都抽到了，江苏菜一般的“佛及尼”与四川菜一般的“埃及”，舶来品与国货，小号与“Grandeur”，“Navycut”与“Straight cut”，橡皮头与非橡皮头，带纸嘴的与不带纸嘴的，“大炮台”与“大英牌”，纸包与“听”与方铁盒。我并非一个为吸烟而吸烟的人，——这一点自认，当然是我所自觉惭愧的，——我之所以吸烟，完全是开端于无聊，继续于习惯，好像我之所以生存那样。买烟卷的时候，我并不限定于哪一种；只是买得了不辣咽喉的烟卷的时候，我决不买辣咽喉的烟卷，这个如其算是我对于烟卷之选择上的一种限定，也未尝不可。吸烟上的我的立场，正像我在幼年搜罗画片，采集邮票时的立场，又像一班人狎妓时的立场；道地的一句话，它便是一般人在生活的享受上的立场。

我咀嚼生活，并不曾咀嚼出多少的滋味来，那么，我之不知烟味而作了一个吸烟的人，也多少可以自宽自解了。我只知道，优好的烟卷浓而不辣，恶劣的烟卷辣而不浓；至于普通的烟卷，则是相近而相忘的，

除非到了那一时没得抽或是那抽得太多了的时候。

橡皮头自然是方便的，不过我个人总嫌它是一种滑头，不能叼在唇皮之上，增加一种切肤的亲密的快感；即使有时要被那烟卷上的稻纸带下了一块唇皮，流出了少量的血来，个人的，我终究觉得那偶尔的牺牲还是值得的，我终究觉得“非橡皮头”还是比橡皮头好。

烟嘴这个问题，好像个人的生活这个问题，中国的出路这个问题一样，我也曾经慎重的考虑过。烟嘴与橡皮头，它们的创作是基于同一的理由。不过烟嘴在用了几天以后，气管中便会发生一种交通不便的现象，在这种的关头上，烟油与烟气便并立于交战的地位，终于烟油越裹越多，烟气越来越少，烟嘴便失去烟嘴的功效了。原来是图求清洁的，如今反而不洁了；吸烟原来是要吸入烟气到口中，喉内的，如今是双唇与双颊用了许大的力量，也不能吸到若干的烟气，一任那火神将烟卷无补于实际的燃烧成了白灰。肃清烟嘴中的积滞，那是一种不讨欢喜的工作；虽说吸烟是为了有的是闲工夫，却很少有人愿意将他的闲工夫用在扫清烟嘴中的烟油的这种工作之上。我宁可去直接的吸一支畅快的烟，取得我所想要取得的满足，即使熏黄了食指与中指的指尖。

有时候，道学气一发作，我也曾经发过狠来戒烟，但是，早晨醒来的时候，喉咙里总免不了要发痒，吐痰……我又发一个狠，忍住；到了吃完午饭以后，这时候是一饱解百忧，对于百事都是怀抱着一种一任其所之，于我并无妨害的态度，于是便记忆了起来，自己发狠来戒吸的这桩事件，于是便拍着肚皮的自笑起来，戒烟不戒烟，这也算不了怎么一回大事，肚子饱了，不必去考虑罢……啊，那一夜半天以后的第一口深吸！这或者便是道学气的好处，消极的。

还有时候，当然是手头十分窘急的时候，“省俭”这个布衣的，面貌清癯的神道教我不要抽烟，他又说，这一层如其是办不到，至少是要限定每天吸用的支数。于是我使用了一只空罐装好今天所要吸的支数；

这样实行了几天，或是一天，又发生了一种阻折，大半是作诗，使得我背叛了神旨，在晚间的空罐内五支五支的再加进去烟卷。我，以及一般人，真是愚蠢得不可救药，宁可将享受在一次之内疯狂的去吞咽了，在事后去受苦，自责，决不肯，决不能算术的将它分配开来，长久的去受用！

烟卷，我说过了，我是与它相近而相忘的；倒是与烟卷有连带关系的项目，有些我是觉得津津有味，常时来取出它们于“回忆”的池水，拿来仔细品尝的。这或许是幼时好搜罗画片的那种童性的遗留罢。也许，在这个世界上，事物的本身原来是没有什么滋味，它们的滋味全在附带的枝节之上罢。

烟罐的装璜，据我个人的嗜好而言，是“加利克”最好。或许是因为我是一个有些好“发思古之幽情”的文人，所以那种以一个蜚声于英国古代的伶人作牌号的烟卷，烟罐上印有他的像，又引有一个英国古代的文人赞美烟草的话，最博得我的欢心。正如一朵花，由美人的手中递与了我们，拿着它的时候，我们在花的美丽上又增加了美丽的联想。

广告，烟卷业在这上面所耗去的金钱真正不少。实际的说来，将这笔巨大的广告费转用在烟卷的实质的增丰之上，岂不使得购买烟卷的人更受实惠么？像一些反对一切的广告的人那样，我从前对于烟卷的广告，也曾经这样的想过。如今知道了，不然。人类的感觉，思想是最囿于自我，最漠于外界的……所以自从天地开辟以来，自从创世以来，苹果尽管由树上落到地止，要到牛顿，他才悟出来此中的道理；没有一根拦头的棒，实体的或是抽象的，来击上他的肉体，人是不会在感觉，思想之上发生什么反应的。没有鲜明刺目的广告，人们便引不起对于一种货品的注意。广告并不仅仅只限于货品之上，求爱者的修饰，衣着便是求爱者的广告，政治家的宣言便是政治家的广告，甚至于每个人的言语，行为，它们也便是每个人的广告。广告既然是一种基于人性的需要，那么，充分的去发展它，即使消费去多量的金钱，那也是不能算作浪费的。

广告还有一种功用，增加愉快的联想。“幸中”这种烟卷在广告方面采用了一种特殊的策略；在每期的杂志上，它的广告总是一帧名伶、名歌者的彩色的像，下面印有这最要保养咽喉的人的一封证明这种烟并不伤害咽喉的信件，页底印着，最重要的一层，这名伶、名歌者的亲笔签名。或许这个签字是公司方面用金钱买来的，（这种烟也无异于他种的烟，受恳的人并不至于受良心上的责备。）购买这种烟卷的人呢，我们也不能说他们是受了愚弄，因为这种烟卷的售价并没有因了这一场的广告而增高，——进一步说，宗教，爱国，如其益处撇开了不提，我们也未尝不能说它们是愚弄，这一场的广告，当然增加了这种烟卷的销路，同时也给与了购者以一种愉快的联想；本来是一种平凡的烟卷，而购吸者却能泛起来一种幻想，这个，那个名伶，名歌者也同时在吸用着它。又有一种广告，上面画着一个酷似那“它的女子”Clara Bow 的半身女像，撮拢了她的血红的双唇，唇显得很厚，口显得很圆，她又高昂起她的下巴，低垂着她的眼睑，一双瞳子向下的望着；这幅富于暗示与联想的广告，我们简直可以说是不亚于魏尔伦（Verlaine）的一首漂亮的小诗了。

抽烟卷也可以说是我命中所注定了的，因为由十岁起，我便看惯了它的一种变相的广告，画片。

说诙谐

大概，诙谐的本质，与胳肢的，它们颇是相似。

这一次，我在一家理发店里，有理发匠替我捶背挖骨，挖到腰上的时候，我忍不住的笑出来了。后来，我一想，民间有一种俗话，说是怕胳肢的男人都是怕老婆的；肉体上的刺激与反应既然是无由避免，于是，我便不得不教理发匠停止了他的挖骨。普天下的男人，虽说是没有一个不怕老婆的，不过，他们决不肯透漏出此中的消息来，因之，道貌岸然的，他们，至少，要装扮成一个若无其事的模样。我们，对于那种直接的或是间接的有损于自我的尊严的诙谐，也是采取着同样的处置。

天幸的有一种男人，那种不怕胳肢的……这种人究竟存在与否，我实在是怀疑。以常理来测度，能忍住的男人是很多，至于完全能以胳肢了不笑的男人，那恐怕是不会有的。

一定便是为了这个缘故，剧本内不常见有诙谐——讽刺的大前提——的成分，而小说内却是不少，甚至于，有的整部都是诙谐的成分。诙谐而一下转成了讽刺，即使是泛指的，都已经是有损于自我的尊严：尤其是，忍不住的又笑了出来，这个更是可以教自我由羞而恼的在家里看小说，总不会有外人来窥破这种损己的秘密，并且，人的那种天生得需要诙谐的本性也可以凭此而发泄了。

说自我

抓着这支笔的手——自然是右手了，虽说不比吃饭，那是一定得要用口的，左手也可以写得字，不过，习惯教我从小起就用右手来写字了，并且话还是一样的说得。沸腾在这脑中的思想——也并不像爱伦·坡那样说的，文章先已经都打成了腹稿，接着才去把它抄录下来；只是一时间忽然意识到，这是一篇文章了，便提起笔来写下去，并不曾预计到内容将要是怎样的，只是凭赖了这一念之萌，就把这篇文章的将来交付进了它的手里。这只手与这一片思想，它们便是现在的自我。

记得也在许多的时候，曾经为了后来的运用而贮藏过一些材料在这个头颅里，不过，就了自觉的一方面说来，那些材料都还不曾使用过……至少，是并不曾像当时所想象的那样去使用过。我也可以预料到，将来自己再看这篇文章的时候，这创作过程中所感觉到的这一点心头的美味，仍然会复活起来；并且，有时候，还会发生一点惊讶与自喜。

这一个孱弱、矛盾的自我，客观的看来，它是多么渺小，短促，无价值；不过，主观的看来，它却便是一个永恒只一个宝贝，一个纳有须弥的芥子了。

它简直就是一个国家。

在它的国度之内，有主人，有仆人；也有战争，和解。

如其这颗心并不是我自己的，我真不知道要怎样的去妒忌它：因为，这个国度之内的乐趣都是“江汉朝宗”于它了。脑筋里思想，因了思想而获得的快乐，它是被心去享受了；肚子的命运似乎好一点，因为，在饥饿着的时候，它偶尔也能够感觉到一种暂时的乐趣——这种乐趣，与出游了好久以后回家来吞冷茶的那时候所感到的乐趣，恰好是一样。

《新生》的第一篇十四行里说，诗人看见自己的心被剋去了，这或者便是它的报应。

它实在是过于自私了。不说这整个的躯体都是无昼无夜的在供给它以甜美的螫刺；便是在这个躯体与其他的躯体，抽象的或是具体的，发生接触之时，乐趣也还不都全是它的。有的自我，在毁坏、苦痛其他的自我之中，寻求到快乐，也有的在创造、愉悦其他的自我之中；客观的说来，自然是后一种好，不过，主观的说来，两种的目标便只是一个。

自我的心便是国家的银行。

科学，哲学，等于脑；宗教，艺术，等于心。

说说话

我是一个口齿极钝的人，连普通的应酬我都不能够对付，所以，我对于说话说得极多并且极为伶俐的人是十分的羡慕。好像手工、图画这两样，我从前在学校里面读书的时候，十分的羡慕着那些成绩优秀的同学那般。

洒扫，应对，这本是古训里所说的一种儿童所应受的教育；在近三十年左右的家庭之内，洒扫这一项家庭教育的项目似乎是已经普遍的废除了，至于应对，大人也不过在说错了的时候，提示一句；在说得不好的时候，叹一口气；或是灰心了的不作声；他们并不每天划出若干时刻来教授儿童以“应对”这一种课程，或是聘请一个家庭教师来教授，或是用了家长的名义向学校方面要求着在学校课程内增加这一种课程。于是，说话我便从小不会了。其实，即使是学校内有“应对”这一种课程，我也不见得能够学的好——不见手工、图画，我是成绩那么拙劣么？

大概，说话时候所须注重的第一点是，从何说起。照例的寒暄，这已经是难于开口了，因为它颇有一点像学校里面国文班上所出的题目，这题目的范围之内所可说的话差不多早已经被旁人说完了，要想推陈出新，决不是一件容易事。至于，由寒暄进而作宽泛的谈话，那简直是我所害怕的，好像从前在中学的头几年里我怕学期、学年的大考那样。不晓得对谈的人爱听的是哪一种话；即使晓得了，自已也多半不见得能够在这一方面搜索枯肠可以搜索得一些——不说许多——谈话的资料来。面对面的僵坐着，终究不是事，于是，急忙之内，我便开口说话了……不幸，我所说的话恰巧是对谈的人所不爱听的，甚至于，他所认为是存心得罪的。这简直是糟糕！因为，已经是僵窘的对话，如今又加添了一种意气的成分进去了。这个，在一个不善辞令的人处来，是最难受的了，反报么，间接的便实证了适才所无心呐出的话是有意的；不反报么，未免有失身份；解释么，一个不会说话的人要想解释一句失言，我经验的知道，是不仅无补，并且会增加误会的。那么，只好不作声了。这个，并不见得能把严重的局面缓和下去。因为，这时候的面部表情，如其是沉闷的，对谈的人可以测想为臆怪；如其是和悦的，对谈的人又可以测想为在肚里暗笑。

模棱两可，这是说话时候所须注重的第二点。人世间的事情，最难料到是要怎么变化的。要是说出了一句肯定的话来，而事情的转变并不是像肯定的那样，这时候，曾经听见了这句话的人未免是要对于说者的判断力发生怀疑了。这个，在社会上，是极为有损于说者的。所以，一个人要是想不在这一方面吃亏，最好是在说话的时候不着边际；如此，事情无论是怎么收场，这模棱两可的话，虽然不见得是说中了，至少是没有说错。还有一层。人与人之间，在多种的情境内，是不能够说直话的；撒谎既不是一件社会上所容许的事情，那么，便只好把话说得令人难以捉摸了。

空洞无物，这是说话时候所须注重的第三点。一个人与一个人见了面，谈起话来，这一番对话，当然的，是集中于一件事情之上了。这件事情，过去的情形怎样，将来会怎样，现在对话时候是要这样的去接近，这些，在每个对话者的胸内，差不多都已经有了一个谱子；既然如此，在本题之上，便不需要作文章，只要旁敲侧击，借了一些题外的话来达意，也就够了。喜欢绕弯子，或许是人的一种生性，因为绕弯子是有玄秘的色彩，艺术的色彩的。

面部表情，这是说话时候所须注重的第四点。譬如说，你现在说出了一句想起来是极为滑稽的话来，这时候，你的面部表情应当是严肃的，因为，那样，教听者在事后回想起来，会更觉得有趣。又譬如说，你说挖苦的话，便应当在面部呈露出一种和蔼可亲的模样；那样，听者，如其不是十分聪明的，便不会立刻悟出你是在挖苦他，你既然可以逃避去当场的反报，又可以让他在事后寻思，悟出来了的时候，去饱尝那一种自羞自悔的酸滋味。

这些便是一个不会说话的人对于说话这种艺术的观察。或许天下居然会有人，同我一样的拙于辞令，那么，这一番的说话，不能说是有什么帮助，只能说是，让他看了，可以与我同发一声慨叹，会说话的人真是天生的，人为不了。

想入非非

贾宝玉在出家一年以后
去寻求藐姑射山的仙人

自从宝玉出了家以来，到如今已是一个整年了。从前的脂粉队，如今的袈裟服；从前的立社吟诗，如今的奉佛诵经……这些，相差有多远，那是不用说了。却也是他所自愿，不必去提。

只有一桩，是他所不曾预料得到的。那便是，他的这座禅林之内，并不只是他自己这一个僧徒。他们，恐怕是只有很少的几个人，像他这般，是由一个饱尝了世上的声色利欲的富家公子而勘破了凡间来皈依于我佛的。从前，他在史籍上所知道的一些高僧，例如达摩的神异，支遁的文采，玄奘的渊博，他们都只是旷世而一见的，并不能以在任何地方，任何时候都遇到。他所受戒的这座禅林，跋涉了许久，始行寻到的，自然是他所认为最好的了。在这里，有一个道貌清癯，熟诸释典的住持；便是在听到过他的一番说法以后，宝玉才肯决定了：在这里住下，剃度为僧的。这里又有静谧的禅房可以习道；又有与人间隔绝的胜景可以登临。不过，喜怒哀乐，亲疏同异，那是谁也免不了的，即使是僧人，像他这么整天的只是在忙着自己的经课，在僧众之间是寡于言笑的，自然是要常常的遭受闲言冷语了。

黛玉之死，使得他勘破了世情，到如今，这一个整年以后，在他的心上，已经不像当初那么一想到便是痛如刀割了。甚至于，在有些时候——自然很少——他还曾经纳罕过，妙玉是怎么一个结果：她被强盗劫去了以后，到底是自尽了呢，还是被他们拦挡住了不曾自尽；还是，在一年半载，十年五载之后，她已经度惯了她的生活，当然不能说是欢喜，至少是，那一种有洁癖的人在沾触到不洁之物那时候所立刻发生的肉体之退缩已经没有了。

虽然如此，黛玉的形象，在他的心目之前，仍旧是存留着。或许不像当时那样显明，不过依然是清晰的。并且，她的形象每一次涌现于他的心坎底层的时候，在他的心头所泛起的温柔便增加了一分。

这一种柔和而甜蜜的感觉，一方面增加了他的留恋，一方面，在静夜，檐铃的声响传送到了他的耳边的时候，又使得他想起了烦恼。因为，黛玉是怎么死去的？她岂不便是死于五情么？这使得她死去了的五情，它们居然还是存在于他——宝玉的胸中，并且，不仅是没有使得他死去，居然还给与了他一种生趣！

在头半年以内，无日无夜的，他都是在想着，悲悼着黛玉。这是很自然的事情。半年快要完了的时候，黛玉以外的各人，当然都是女子了，不知不觉的，渐渐的侵犯到他的心上，来占取他的回忆与专一。以至于到了下半年以内，她们已经平分得他的思想之一半了。这个使得他十分的感觉到不安，甚至于，自鄙。他在这种时候，总是想起了古人的三年庐墓之说……像他与黛玉的这种感情，比起父母与子女的感情来，或者不能说是要来得更为浓厚一些，至少是，一般的浓厚了；不过，简直谈不上三年的极哀，也谈不上后世所改制的一年的，他如今是半年以后，已经减退了他的对于黛玉之死的哀痛了。他也曾经想过各种各样的方法，要使得他的心内，在这一年里面，只有一个林妹妹，没有旁人——但是，他这颗像柳絮一般的心，漂浮在“悼亡”之水上的，并不能够禁阻住它自己，在其他的水流汇注入这片主流的时候，不去随了它们所激荡起的波折而回旋。

天长地久有时尽，
此恨绵绵无尽期。

这两句诗，他想，不是诗人的夸大之辞，便是他自己没有力量可以作得到。

在这种时候，他把自己来与黛玉一比较，实在是惭愧。她是那么的专一！

也有心魔，在他的耳边，低声的说：宝钗呢？晴雯呢？她们岂不也是专一的么？何似他独独厚于彼而薄于此？并且，要是没有她们，以及其他的许多女子，在一起，黛玉能够爱他到那种为了他而情死的田地么？

他不能否认，宝钗等人在如今是处于一种如何困难，伤痛的境地；但是，同时，黛玉已经为他死去了的这桩事实，他也不能否认。他告诉心魔，教它不要忽略去了这一层。

话虽如此，心魔的一番诱惑之词已经是渐渐的在他的头颅里着下根苗来了。他仍然是在想念着黛玉；同时，其他的女子也在他的想念上逐渐的恢复了她们所原有的位置。并且，对于她们，他如今又新生有一种怜悯的念头。这怜悯之念，在一方面说来，自然是她们分所应得的；不过，在另一方面说来，它便是对于黛玉的一种侵夺。这种侵夺他是无法阻止的，所以，他颇是自鄙。

佛经的讽诵并不能羁勒住他的这许多思念。如其说，贪嗔爱欲便是意马心猿，并不限定要作了贪嗔爱欲的事情才是的，那么，他这个僧人是久已破了戒的了。

他细数他的这二十几年的一生，以及这一生之内所遭遇到的人，贾母的溺爱不明，贾政的优柔寡断，凤姐的辣，贾琏的淫，等等，以及在这些人里面那个与他是运命纠缠了在一起的人，黛玉——这里面，试问有谁，是逃得过五情这一关的？人世间的悲欢离合，无一不是五情这妖物在里面作怪！

由我佛处，他既然是不能够寻求得他所要寻求到的解脱，半路上再还俗，既然又是他所吞咽不下去的一种屈辱，于是，自然而然的，他的念头又向了另一个方向去希望着了。

庄子的《南华真经》里所说的那个藐姑射山的仙人，大旱金石流而不焦，大浸稽天而不溺，那许是庄周的又一种“齐谐”之语，不过，这里所说的“大旱”与“大浸”，要是把它们来解释作五情的两个极端，那倒是可以说得通的。天下之大，何奇不有？虽然不见得一定能找到一个真是绰约若处子的藐姑射仙人，或许，一个真是槁木死灰的人，五情完全没有了，他居然能以寻找得到，那倒也不能说是一件完全不可能的事体。

他在这时候这么的自忖着。

本来，一个寻常的人是决不会为着钟爱之女子死去而抛弃了妻室去出家的；贾宝玉既然是在这种情况之内居然出了家，并且，他是由一个唯我独尊的“富贵闲人”一变而为一个荒山古刹里的僧侣的，那么，他这样的异想天开要去寻求一个藐姑射仙人，倒也不足为奇了。

由离开了家里，一直到为僧于这座禅林，其间他也曾跋涉了一些时日。行旅的苦楚，在这一年以后回想起来，已经是褪除了实际的粗糙而渲染有一种引诱的色彩了。静极思动，乃是人之常情。于是，宝玉，着的僧服，肩着一根杖，一个黄包袱，又上路去了。

我的童年

一 引 言

如今，自传这一种文学的体裁，好像是极其时髦。虽说我近来所看的新文学的书籍、杂志、附刊，是很少数的；不过，在这少数的印刷品之内，到处都是自传的文章以及广告。

这也是一时的风尚。并且，在新文学内，这些自传体的文章，无疑的，是要成为一种可珍的文献的。

从前，先秦时代的哲理文，汉朝的赋，唐朝的律诗、绝句，五代与宋朝的词，元朝的曲，明朝的小品文，清朝的训诂，这些岂不也都是一时的风尚么?

《论语》、《孟子》、《庄子》之内，那些关于孔丘、孟轲、庄周的生活方面的记载，只能说是传记体裁的。它们究竟有多少自传的性质，在如今，我们确是难以断言。

以著作我国的第一部正式历史的人，司马迁，来作成我国的第一篇正式的自传，《太史公自序》，这可以说是最自然不过的事情。当然，他的那篇《自序》，与我们心目中所有的关于自传这种文学体裁的标准，是相差很远的。

不过，由他那时候起，一直到清朝，我国的自传体文，似乎都是遵循了他的《自序》所采取的途径而进行的。

在新文学里面，来写自传体文，大概总存有两个目标，指引后学与抚今追昔。后学可以是自己的家人、学生，也可以是自己所研究的学问之内的后进，也可以是任何人。

我是一个作新诗的人。虽说也有些人喜欢我的诗，不过要说是，我如今是预备来作一篇诗的自传，指引后学，那我是决不敢当的。至于我的一般的生活，那只是一个失败，一个笑话——就作诗的人的生活这一个立场看来，那当然还要算是极为平凡；就一般的立场看来，我之不能适应环境这一点，便可以被说是不足为训了。

要说是抚今追昔，那本来是老年人的一种特权；如今，按照我国的算法，我不过是一个三十岁开外的人。

不过，文学便只是一种高声的自语，何况是自传体的文章？作者像写日记那样来写，读者像看日记那样来看。就是自己的日记，隔了十年、二十年来看，都有一种趣味——更何况是旁人的日记呢？并且，文人就是老小孩子，孩子脾气的老头子；就他们说来，年龄简直是不存在的。

二 旧文学与新文学

记得我之皈依新文学，是十三年前的事。那时候，正是文学革命初起的时代；在各学校内，很剧烈的分成了两派，赞成的以及反对的。辩论是极其热烈，甚至于动口角。那许多次，许多次的辩论，可以说是意气用事，毫无立论的根据。有人劝我，最好是去读《新青年》，当时的文学革命的中军，是刘半农的那封《答王敬轩书》，把我完全赢到新文学这方面来了。现在回想起来，刘氏与王氏还不也是有些意气用事，不过刘氏说来，道理更为多些，笔端更为带有情感，所以，有许多的人，连我也在内，便被他说服了。将来有人要编新文学史，这封刘答王信的价值，我想，一定是很大。

大概，新文学与旧文学，在当初看来，虽然是势不两立；在现在看来，它们之间，却也未尝没有一贯的道理。新文学不过是我国文学的最后一个浪头罢了。只是因为它来得剧烈许多又加之我们是身临其境的人，于是，在我们看来，它便自然而然的成为一种与旧文学内任何潮流是迥不相同的文学潮流了。

它们之间的歧异。与其说是质地上的，倒不如说是对象上的。

三 作小说

这还是十一二岁时候的事情。

那时候，在高小，上课完了以后，除去从事于幼年时代的各种娱乐以外，便是乱看些书。在这些书里，最喜欢的便是侠义小说。记得和一个同班曾经有过一种合作一部《彭公案》式的侠义小说的计划；虽说彼此很兴奋的互相磋商了许多次，到底是因为计划太大了。没有写……在那个时候，我们两个都是不出十四岁的少年。

除了旧小说以外，孙毓修所节编的《童话》也看得上劲。一定就是在这些故事的影响之下，我写成了我的第一篇小说创作。如今隔了有十七年左右，那篇，不单是详细的内容，就是连题目，我都记不清楚了，仿佛是说的一只鹦鹉在一个人家里面的所见所闻。

以后，也曾经想作过《桃花源记》式的文章，可是屡次都没有写成。

在新文学运动的这十几年之内，小说虽是看得很多，也翻译了一些短篇，不过这方面的创作却是一篇也没有。

据我看来，作小说的人是必得个性活动的，而我的个性恰巧是执滞，一点也不活动。

一定就是为了这个缘故，我在编剧、演剧两方面也失败了。

在十二三岁的时候，和两个同班私下里演剧；准备，化装，排演，真是十分热闹——其实，那与其说是演剧，还不如说是好玩。

在这一次的排演里面，我还记得，我是扮的一个女子。七年以后，学校里面正式的演剧，我由一个女子而改扮一个老太婆了！

扮演老太婆的那次，我是一个失败的。一上了剧台，身子好像是一根木棍；面部好像是一个面具；背熟了的剧词，在许多时刻，整段的不告而别。居然有一个先生，他说我的老太婆的台步走得还像，也不知道他是安慰我，还是确有其事；因为，我的行步的姿态向来是极不优美的，身材不高而脚步却跨得很远，走路之时，是匆忙得很——我仿佛是对于四肢并没有多少筋节的控制力那样。至于我的两条臂膀，在走路的时候，摔出去很远，那更是同学之间的一种谈笑资料。

有时候，我勉强还可以演说，不料演剧的时候，居然是一塌糊涂到那种田地。这或者与我所以有时候可以写些短篇小说性质的小品文而却作不了短篇小说，是根源于同一种性格上的缺陷。

周启明所译的《点滴》，里面有一些散文诗性质的短篇小说；那一种的短篇小说，我看，或许便是像我这样性格的作诗的人所唯一的能作得了的。

四 读 书

我是六岁启蒙的；家里请的老师；第一部书是读的《龙文鞭影》。只记得这是一部四字一句的韵丈史事书籍——关于它，我现在已经不记得其他的内容了。

书房在花园里；花园的那边是客厅。书房前面的院子里，有一个亭子。

老师大概是一个举人。我还记得，他在夏天里，是穿着一件细竹管编成的汗褂。

背不出书来，打手心的事情，大概是有——不过现在我是已经忘记了。只记得，有一次，那是读完了《龙文鞭影》以后，读《诗经》的当口，我不知道是哪一页书，再也背不出来，老师罚我，非得要背出来，才放我下学。只剩下我一个人，在书房里面；听见自己的声音，更加伤心，淌眼泪。大概是到底也没有背得出来，有家里大人讨保放我下学了。

十几年以后，我每逢想起《诗经》这一部书的时候，总是在心头逗引起了一种凄凉的情调，想必便是为了这个缘故。

八九岁，读完了《四书》，以及《左传》的一小部分。就是在这个时候，学着作文了。

这是在离家有几里远的一个书馆里的事情。有一次，只剩下我一个人在馆里，心里忽然涌起了寂寞，孤单的恐惧，忙着独自沿了路途，向家里走去……这里是土地庙与庙前的一棵大树与树下的茶摊，这里是路旁的一条小河，这里是我家里田亩旁的山坡，终于，在家里前院的场地上，看见了有庄丁在那里打谷，这时候，我的心便放下了，舒畅了。

我的蒙馆生活是在十岁左右终止的。

十一岁的时候，考取了高小一年级。这以后的十年，便是我的学校生活的期间，在小学，在大学期间，都曾经停过学。在一个工业学校的预科里面读过一年书。在青年会里读过英文。

说起来很有趣味：我后来又有机会看到我在工业学校里所作的一篇《言志》课卷，那里面说，将来学业完成了，除去从事于职业以外，闲暇的时候，要作一点诗，读一些诗文——这诗，不用说，是旧诗的意思；这诗文，不用说，也是旧诗文的意思。

在工业学校里，教国文的先生是豪放一派的；他喜欢喝酒，有一个酒糟鼻子，魏禧的《大铁椎传》是他所特别赞颂的一篇文章。

后来，我又有过一个国文先生，有“老虎”之称；不过他谨饬些。便是在他的课堂上，在自由交卷的时候，我学着作新诗。虽说他是一个旧学者，眼光倒还算是开明的，对于我的新诗课卷，并不拒绝。

听说他，像教我《四书》、《左传》的那个书馆先生那样，结局很是潦倒。

我读书，是决不能按部就班的。课本，无论先生是多么好，我对于它们总不能感觉到一种特殊的兴趣，便是那种我自己读我自己所选读的书籍，那时候所感觉到的兴趣。

大概，书的种类虽然是数不尽的多，不过，简单的说来，它们却只有两个。它们便是，不得不读的，以及自己爱读的书籍。由报纸一直到学校内的课本，就是不得不读的书籍。至于自己爱读的书籍，那就要看“自己”是谁了。譬如，我是一个作文、教书的人，我自己所爱读的书，要是与一个工程师所爱读的来对照，恐怕是会大不相同的。不过，普天下的大我，它却是有一种书籍决无不爱读之理的，那一种便是小说。

我也是一个人，当然逃不出这定例。十二岁到十四岁，爱读侠义小说。十五岁左右，爱读侦探小说。二十岁左右，爱读爱情小说。

侠义小说的嗜好一直延续到十几年以后，英国的司各德，苏格兰的史蒂文生，波兰的显克微支，他们的侠义小说，我为了慕名、机缘等的缘故，曾经看了不少；实在是爱不忍释。

司各德各书，据我所看过的说来，它们足以使我越看越爱的地方，便是一种古远的氛围气，以及一种家庭之乐。家庭之乐这个词语，用来形容这些小说之内的那一种情调，骤看来或许要嫌不妥当，不过，仔细一想，我却觉得它要算是我所能找到的唯一的妥当的摹状之词了。这一种家庭之乐的情调，并不须在大团圆的时候，我简直可以独断的说，是由开卷的第一字起，便已经洋溢于纸上了。或许，作者所以能永远留念于世人的心上的缘故，便在于他能够把这种乐居的情调与那种古远的氛围气有机的融合在一起。

史蒂文生的各部小说之内，我最爱读的一部是 The Master of Ballantrae。这篇长篇小说，与作者的一篇中篇小说，Dr. Jekyll and Mr. Hyde 以及一篇短篇小说《马克汉》，在精神上，似乎有孪生的关系。这三篇文章，我臆断的看来，或许便是作者对于他在一生之内所最感到兴趣的那个问题的一个叙述与分析。

显克微支的人物创造，Zagloba 与莎士比亚的 Falstaff 同属于一个人物类型，而并不雷同。

上举的各种侠义小说，有些可以叫作历史小说、心理小说，以及其他的名字；各书之内，除去侠义之部分以外，还有言情，社会描写等等成分。这实在是一切小说的常例。因为小说，与生活相似，是复杂的。小说之能引起共同的爱好，其故亦即在此。

侦探小说，我除去柯南道尔的各部著作以外，看的不多。至于他的各部侦探小说，中译本我是差不多全看完了，在十五岁的时候，原文本我也看过一些，在二十五岁的时候。年龄的增加并不曾减退过我对于它们的爱好。

至于言情小说，我只说一部本国的，《红楼梦》。这部小说，坦白的说来，影响于人民思想，不差似《四书》、《五经》。胡适之关于本书的考证，只就我个人来说，并不曾减少了我对于本书的嗜好；潜意识的，我个人还有点嫌他是多事。这是十年前，我在看亚东图书馆本的《红楼梦》那时候所发生的感想。至于这十年以来，整年的忙着受课，教书，谋生，并不曾再看过这部小说。我看我将来也不会教到"中国小说"这种课程，所以，我只有把十年前的那点感想坦白的说出来；至于本书的评价，那自然有在这一方面专门研究的人可以发言。

杜甫的诗我是爱读的。不过，正式的说来，他的诗我只读过四次；并且，每次，我都不曾读完。第一次是由《唐诗别裁集》里读的一个选辑，第二次是读了，熟诵了全集的很少一部分，第三次是上"杜诗"课，第四次是看了全集的一大半。十五岁以后，喜欢杜诗的音调；二十岁左右，揣摹杜诗的描写；三十岁的时候，深刻的受感于社的情调。我买书虽是买的不多，十年以来，合计也在一千圆以上，比上虽是差的不可以道里计，比下却总是有余；说起来可以令人惊讶，便是，杜诗我只买过石印一部，要是照了如今我对于杜诗的爱好说来，一买书，我必定会先把习见的各种杜诗版本一起买到。

只要是诗，无论是直行的还是横行的，只要是直抒情臆的诗，无论作得好与不好，我都爱。爱诗并不一定要整天的读诗。从前，在十八岁到二十岁的时候，曾经有过几个时期，我发过呆气，要除去诗歌以外，不读其他的书籍；现在回想起来，倒觉得有趣——不过，或许，我现在之所以能写成一点诗，我的诗歌培养便是完成于那几个时期之内。我是一个爱读诗，爱作诗的人，而在我所购置的已经是少量的一些书籍之内，诗集居然是更少；这个，说给那些还喜欢我的新诗而并不与我熟识的读者听来，他们一定是会诧异的。

我曾经作过一首题名《荷马》的十四行，算是自己所喜欢的一些自作之一……其实，这个希腊诗人的两部巨著，我只是潦草的看过，并不曾仔细的研究一番。在我写那首诗的时候，并不曾有原文的节奏、音调澎湃在我耳旁，我的心目之前只有 Elson Grammer School Reader 里面的这两篇史诗的节略。这个，说出来了，一定会教读者失笑的，如其他是一个一般的读者；或是教他看不起，如其他是一个学者。

我是一个极好读选本的人。选本我可读了又读，一点也不疲倦；至于全集，我虽说在各方面也都看过一些，不过，大半，我只是匆促的看过一遍，就不看第二遍了。杜甫与莎士比亚是例外。这两个诗人，读上了味道，真是百读不厌；从前，现在的无穷数的读者所说的话，我到现在已经恳切的感觉到，并非人云亦云的一种慕名语，我并且自己的欣幸，我现在已经达到了一个可以真诚的，深切的欣赏他们的诗歌的时期。他们的确是情性之正声。

说到不得不读的书籍，我是一个度过了二十年学校生活的人，当然，它们是课本了。在学生时期之内，我对于课本，无论是必修科还是选修科，是很不喜欢读的。现在回想起来，教育与生活一样，也是一种人为的磨练……我当初既是不能适应学校的环境，自然而然的，到了现在，我也便不能适应社会的环境了。

我真是一个畸零的人，既不曾作成一个书呆子，又不能作为一个懂世故的人。

投　考

他已经考取了高小一年级。

这是一个师范的附属小学校，在本城的小学之内，算是很好的。只要国文、英文、算术这三门里面，有一门考及了格，便可以录取入学；他是考国文录取了的。

投考的时候，他是坐人力车去的。在车上，他的一颗心忐忑不安。平时，坐车子本来是一件快乐的事，因为，坐车与走路的速率不同，一个孩童对于这个是敏感的——风迎了面吹来，那愉快的感觉，真不亚似在热天，老女工给他洗了一个澡以后，他坐在床上抚摩四肢、胸、腹在那时候所发生的那种愉快的感觉。可是，这一天，他只在脑筋里记挂着那个怕它来又要它快完的考试。身外的一切，他都忘记了，除去那个布包，里面放着笔墨，他用了一双出汗的手紧握住的。他也没有心思，像平常坐车子的时候那样，去看街道两旁的店铺、房屋了。

是一个长辈带领着他来应试。一声“停下！”的时候，他在心里震动了一下，发现了车子停住在一条柳树沿着小溪的路边，面前便是学校的大门。他下了车。这校门，门上的铁楣他要把颈子仰得很高才能望见的，门旁排的校名直匾就他看来是字写得巨大而触目动心的，颇像是他的心目中的一个学校老师，凛凛的。校门内，一条宽敞，平坦的道路直达附属小学校的校门。

他在家里读过书，在乡塾里读过书；至于踏进学校的门，这还是第一次。这是一个与家馆，与乡塾迥不相同的地方。这条路是多么清净，整齐；路左边的柳树是多么碧绿，苗条；路右边的师范屋墙是多么高大，庄严！虽说学校里是要与许多素不相识的同学一起上课，读一些素来不知为何的书籍，他是很想考入这个学校的。他很想每天在这条路上走过，在上学，下学的时候，有很多也是来投考的人，跟着大人，从他的身边过去。看来，他们是若无其事的；并且，他们是那么络绎不绝的……这个，使得他的那颗已是慌乱的心更加慌乱了。有几个，大概是旧生，引领着兄弟或者亲戚来投考的，一路上谈谈笑笑；他颇是羡慕他们。

他在家馆里所读的书早已忘记了。倒是在乡塾里所读的《四书》，为了预备考这个学校的缘故，他曾经温习过。他，又在大人的督促之下，读了一点《古文观止》。至于作文，在乡塾里开了笔的，这几个月以来，他也作了一些功课；大人都还说是作得不错。他很喜欢看那些加在他的文课旁边的连圈；它们颇为使他觉得自傲，他希望，这次考试里面他所作的文章，学校老师也能够在上面加一些连圈。不过，题目是那么多，知道学校老师是要出哪一个呢？要是出一个他所曾经作过的题目，他想，那就容易了。他可以定下神来回想他的原稿；要是时刻来得及，他还可以多加上一些文章进去。只要说得很多，老师一定是喜欢的。最重要的一层是，不要写错了字，写别了字。他在走进附属小学校的校门的时候，心里这么想着。可是，万一出的是一个他所不曾作过的题目呢……

蝉声在柳树上喧噪着。他想起来了，家旁一口塘的岸边，也有蝉声在柳树的密叶里，不过，与这里的似乎不同，这里的似乎带着有抽噎的声音，不像塘岸上的那么热闹，那么自在。

带领着他来这里的长辈在问门房。

他挟着布包，跟在后面。这布包里有一支笔，一个墨盒；墨盒是大人特为给他带来作考试之用的。他很怕墨盒里漏出了墨来，那时候，不仅笔与布包，便是他所穿的那件新单袍子都要弄脏了。当了老师，许多同伴的面，那未免是太难堪了。

他在走过一条廊。廊的左边是淡青色的墙壁，上面有瓦花窗；右边是一排胆色的廊柱，廊柱以外便是学校的操场，操场上有一些体育的设备，他并不知道名字，他很情愿在它们的上面玩耍，可是他又有一点害怕。

廊与操场的那头，是一排满是玻璃窗的教室。这不像家馆的书房，因为老师就是睡在那书房里；这又不像乡塾的书房，因为那就是堂屋，并且没有这么多的窗子。教室里的设备是完全异样的。他觉得有趣——他极其想考进这个学校。他把布包打开了，看见墨盒里的墨汁并不曾漏了出来，他的心里宽畅了。

他的长辈去了会客室，留下他一个人在这里。

已经有一些同伴在教室里，等候着考试；不过，他并没有与他们之内的任何人交谈，一则认生，二则不知道能否考取，他没有勇气去与他们谈话，三则他在纳闷着，老师是要出怎么一个题目。

等得不耐烦了。他打开盒来，蘸笔，在带来的纸张上写字。他的手有一点颤抖。他不写字了；腹诵着前几天所读的一篇古文。腹诵了有一半，便梗住了，在第一天腹诵时候所梗住的那个地方；再也想不起下文来。

便是这时候，监考的老师进来了。他看见同试者都站了起来，在老师上了讲坛的时候，行一鞠躬礼，再坐下，他也跟着照样作了。他向老师望了一眼，似乎是心里惭愧，不知道这种仪节，又似乎是心虚，适才的那篇文章没有腹诵出来……还好，老师并没有向他看。

老师，沿了前排的座位，在分散着试题。他焦急的等候着。他很懊悔，进来教室的时候，为什么要靠了门坐上这一排的最末一个座位，为什么不去那边，坐在那边外面一排的第一个座位上，因为，那样，他便可以第一个接到试题，赶早作文了。

一张油印的试题，带着一张打稿子的纸，与试卷，由前桌的同试者交给了他。

是一个他所不曾作过的题目。不过，还不算是顶难。他把试卷放进抽屉里去了，怕的打草稿的时候，一不当心，会在那上面沾了墨渍。他看见同试者有许多是用铅笔在打草稿，那是快得多了，他想；所以，他很反悔，为什么不把家里给他买的那支铅笔带来。不过，再一想，铅笔断了铅的时候，削起来是费事的，他又心里轻松了。

老师的脚步声过来过去个不停，除此以外，只听见纸张翻动的声音，与偶尔的一声抽屉响。

……会客室在哪里呢——他一边打着草稿，一边这样的想——交了卷以后，他怎么去他的长辈那里呢……要是有个大人在旁边——并不用告诉他文章里面要怎样说，只要是坐在一旁，让他在心里觉得，他并不是一个人在这里，也用不着去愁会客室是在什么地方，他想，他的文章一定会作得很好。他在想家了。

草稿虽是不算十分满意，为的怕时候不早了，来不及誊清，他便只得从抽屉里面去取出试卷来。一句，一句的抄，那是很吃力的一件事，因为他想把文章抄得很工整，并且一个字也不错，而他的小楷却是写得极慢，极不好的。老师从他面前走过去的时候，他的手动了一动，想着把他的文章掩盖起来；并且，脸忽的红了，心勃勃的跳得厉害。他以为老师是在看他的那一段自己颇是得意的文，心里有一点自傲。老师在他的一旁站了很久。他所坐的座位，加上他那种慌张的神情，着实是可疑的——不过，他自己并不觉得，他并不知道老师守望了许久是为的这个。

已经有几个人交卷了。这时候，他的文章也已经抄得只剩一两行了。他的心里宽畅了下去。同时，他反悔，早知道是如此，何以不把文章作得长一点呢？已经誊好了，它是难得再加的。

不过，为了心里已经不慌乱的缘故，他的神智清醒了：他可以慢慢的誊抄着剩余的文章，等候着下一个交卷的人，一同出教室，那样，会客室便不愁找不到了。

他到了会客室。他的长辈向他要草稿看。那个，他并没有带出来，是被他放在试卷里面，一起交进去了，这是他的糊涂之处，因为，他既是在等候着旁人交卷，他应当是会知道旁人是把草稿给带走的。多么不幸的事情！

他不能知道，试卷究竟是作得如何，它究竟能否教他考入这个学校！

他走过长廊的时候，向着教室、操场望了一眼；他那颗心里的一种滋味是异样的。

门外的蝉声十分喧噪；这是一个热闹的下午。他很想到塘边去抛瓦片。不过，他还是坐车回去的。

散文诗

一

“进化”走着她的路。路的一旁是山，骷髅与骨殖堆聚成的，冷得，白得像喜玛拉亚高峰上的永恒不变的雪；路的一旁是水，血液汇聚成的，热得，红得像朝阳里的江河，永恒的流动着。但是，她的道路上，她的衣襟上，她的头发上，她的面庞上，她的心坎上，是花，白的与红的。

她唱着她的歌。歌词没有一个人，一头兽，一只鸟，一条鱼，一个虫，一棵树，一块石能听懂；但是，在她的歌声之内，他们鼓舞起来了……一面，他们自食，互食。

由飞蛾一直到爱因施坦，或是飞越过赤血的河，或是攀援过白骨的山，他们辐聚来她的身边，来瞻仰她的容颜，来膜拜，来捧呈上他们的贡品。

幸福的是他们，那些得到了她的一笑的；他们，从此以后，便有太阳的热烈与月亮的冷静永驻在他们的心坎上，以及星辰的灿烂，在他们的思潮中，声响中，以及天河的优美，在他们的姿态中。

略不停留的，她走着她的路，口里唱歌。

看不见她，何默尔扬起了歌声。在黑暗中，悲妥芬回忆着她的光华的节奏。米克朗吉娄为了她消瘦，废寝忘餐。达汶契失望了，搁下了他的已经提起有一半的笔。

向了天边她走去，向了虹的路。

尽管地震，尽管有警告的彗星撞来，她的歌声，是再也没有停息过。像天河一样，她行走着她的永恒的路，在白骨的山坡上，在赤血的河旁。

二

我颂扬一切的"伟大"！

它们是太空中的许多太阳。在它们的热烈的拥抱之下，我们生育；在它们的光华的瞬视之下，我们生长。

它们来了，一切都改变的形象。在一切之上，有"美"的光轮在灿烂。

生存在它们的氛围中，是幸福的。没有萎靡；没有迂滞；没有渺小……没有一切的"伟大"的对象。便是雷，便是风暴，它们，"伟大"的反面，也是伟大的。

在诅咒着你的声响中，同时我们颂扬——啊，"伟大"，我们爱你！

我是一片青草；我是一片绿叶。

我是小溪，我是江河里的一个波浪，我是洋海中的一朵浮沤！

绿叶落了，又有绿叶。

星宿死了，它们的灵魂，在太空之上，仍然灿烂着光明！

太阳收敛了光与热，归返到星云之内……在星云的胞胎内，又有新的太阳在创造！

啊，“伟大”，一切的“伟大”，我颂扬你们！

三

诗灵，“一”里的“一”，“光明”里的“光明”！你给了我热，你给了我智慧，你给了我坚忍；你，诗灵啊，还要继续的给我，给我更多的！

一天我又活一遍。“过去”你收藏着——给我精华；糟粕呢，你去践踏，踏在脚下！“未来”在你的手掌中——给我，如我所应得的！

给我眼睛，好看到你的各相：我好知道怎样来赞颂你，一点不错，一点不漏！

给我耳朵：我好通盘的听见那许多的赞颂你的歌声！给我聪明：我好拿它们一齐听懂，来改善我的歌喉，颂辞，来激发我的勇敢！

在膜拜你之中我骄傲。在膜拜一切的“一”，一切的“光明”之中我骄傲。给我愤恨，我好来愤恨一切的“一”，一切的“光明”的仇敌！

学馆

书信

朱湘精品选

寄彭基相

一

叔辅：

不知这封信赶得上送你行否。我当时写那一封信，正是因为知道了某女士结婚的消息（大概是听君右在船上告诉我的）怕你不曾看透某女士的为人。据我看来，你以前讲的尽力将和县那位夫人教练那一个方法最好，结果如何，我很想知道。若是人力所能作到之处你都作到了，仍然无功，那就另作计较，也问心无愧。老实一句话，过去的一段风波在你是借了扩充经验，在我是借了寻求文料。要说崇拜的对象，那不单女子中找不到，就是男子中也没有。只能说，哲学那位月如秋水的小姐是你的意中人，文学这个笑涡呈颊的女郎是我的爱宠罢了。来信所说中国人受人侵略一层，我的意思是。政治经济物质方面如今已然病象极其显著了，将来在学问艺术精神方面恐怕也要成为日本第二，（现中可怜，连日本还赶不上。）要想在后者方面作一个“中国人”，并不是一件容易的事。那必得把全个魂灵剖给它，还不知能作到一个什么田地。我们要想创造一个表里都是“中国”的新文化，暂时借助于西方文化，这并不足为耻：西方从前也自曾舶去了我国的指南针火药与印刷术。中国将来最大的恐慌便是怕产生出一个换汤不换药的西方式文化，甚至也不换汤也不换药的纯粹西方文化。只就文学来讲，西藏的戏剧西方已经有了介绍，我们自己还一点不知道。这是多大的羞耻！将来回了家，除了创造新文学，整理旧文学，介绍西方文学以外，提倡研究藏文满文蒙文也是一种必不可少的工作。还有波斯国的诗不知同我们中国诗有关系否：因为诗章与用韵逼肖之故，所以我起了疑问。我将来大概要学波斯文。（波斯在古代与我国有密切的商业来往，这是我们都知道的。）

湘　（一九二八年）六月二十三日

二

叔辅：

我这几个月过得真是十分颓丧。如今又换了一个学堂。暑假中又想去纽约，暑假后能见到二罗，生活总可大变一下。我悬想一下，要是有你来同住这两年，这两年一定是多么快活啊！朋友、性、文章，这是我一生中的三件大事，其中文章一项又要靠了另两项。只看我诗文作得最起劲的时候，正是头次尝到性与朋友甜头的时候。所以用科学分析起来，我的文章有三分之一实在是你们的。我自己有那股接受的力量，有那个创造的意志而已。其实接受的力量都不是我自己的。意志呢？叔辅，据你看来，意志是否为环境的产物呢？你拿真理给我。真理从朋友的口里出来是甜的。没有了“我”并不关重要，总有几股“力”在我这躯壳之中。它们是黄种祖先托孤与我，我应当怎样保护爱惜它们才对呢。我近来作了一件卢梭式丑事。（中略）近来因功课关系，上一课心理学。教科书很有趣，说到听觉视觉等处，我最喜欢。据生理学者说，太高太低的声音人类听不见，太强太弱的光线人类瞧不见。中国关于神仙狐鬼的文学原料最是丰富，将来我用这原料作诗之时便很可利用科学。刚才接到三月七日信。天下最难的是朋友。不管下半年你同一多怎样，我决定回国。与其受异种人的闲气，倒不如受本种人的。得到友谊作后盾，在国内就是受点闲气，也吞得下去，先寄一封信给了一多，以后再寄与子离。

子沅　（一九二九年）四月十五日

寄汪静之

静之兄：

我对于你的第二诗集《寂寞之国》有许多话想说，好像旁观者在看着一盘精彩的围棋，有时忍不住要插一两句嘴一样。

这本诗分两辑，我意思以为就诗说来，要算后辑多。如《叔父说的故事》，《不能从命》，《那有》，《我把我的心压在海洋底下》各篇在当今诗坛上都是有特采的作品；前辑的诗指明作者在春天一样的生活后，忽然觉到人生的残酷，像夏天太阳一样，临了当头。诚然，在这热烈的打击之下，我们所能见到的是一片绿荫，消褪了花朵的色彩，上面所举的四首诗所含有的微妙色彩；但是我们也相信，在这炎阳之下，已经有雏形之果实在无声中生长，一到节候，便将有各形各色的秋实在各形各色中的秋叶中累累而垂，供农人的采摘。（这辑诗中，《呵罗罗里的鬼》与《一只手》是代表作品。）

让我从技术方面来评这个诗集。技术之于诗，就好像沐浴之于美人，雕琢之于璞玉。一方面它是消极的，因它淘汰；一方面它又是积极的，因它综合。你在《听泪》一辑中任其自然的写下，虽然大半时候稚气很盛，但有时转动灵机，也创造一些上好的诗来。在《叔父说的故事》这四篇里，我相信你还是像当初写《蕙的风》时候那样信手拈来的；但是写这四篇的时候，无形中已有一种求形美的倾向，所以机缘到了之时，内质与外形便能很匀称和谐的混合起来，成功了四篇好诗。你在《寂寞之国》一辑之内是常自觉的去努力于诗的技术的，但是前辑的诗，说来不幸，是大半都失败了。失败的地方在排比过甚。失败的缘因，一是，这乃是过渡所必有的现象，二是，我猜想你此时间一定受过生活的压迫，压得你无气力去唱歌了。此过渡期，我很高兴的可以告诉你，已经过去了：因为就《文学周报》第二九七期中登的《桃树下》之歌看来，可以知道排比的镣铐你已摆脱，你并能在诗的形美上作有力的尝试了。就是在本辑之中，《呵罗罗里的鬼》一篇，大致说来也不曾犯着这毛病。《一只手》这首诗你作得教我实在太难下台了：我看它之时，又想哭又想笑，又想咒诅，又想赞颂。我哭它咒诅它的排比，我咀嚼着它的充满了人生深意的尾章时，又欢颂起来：

它从最古的时候就捕捉，
依然是五只手指。
它虽然是空空一无所得，
却还是捕捉不已。

这四行诗是多么伟大！为什么写它们的人不肯去努力去作一篇“完美的”伟大的诗呢？

弟朱湘　五月七日

寄梁宗岱

梁兄：

接你的明片，有点感触，当天作了一首诗，已经投去《小说月报》了，文为：

一碧连天的里门湖流；
远帆数点有如闲驶的白鸥；
晚阳射来无数长的金箭；
圆塔的□仑堡昂于青翠的山陬。

美呀！这座欧洲的花园；
幸呀！你得置身于其间。
并且湖水上一片的落叶：
你去的当儿正是灿烂的秋天！

中国也何尝没有名湖？
但如今皆为孽龙所蟠据；
听哪！在云低浪怒的雷雨之夜
暖风中惊起一片鸿雁的哀呼！

我此世的愿望本来很小：
我只想能够长在湖山间逍遥，
——但这点小的愿望都不能达，
如今的风月只有骨白与狼嗥！

李白呀，你的高蹈我今世已无分，
我但望你骑鲸渡海去慰孤寂的梁君；
杜甫，让我只听你悲壮的□调，
让你冬冬的战鼓惊起我久睡的灵魂！

为人不能在自身取得晏安，
在应当将赤血喷□洪水的狂澜
将今世的污秽一荡而尽，
替后人造起一座亚洲的花园！

我的诗——共选二十六首，发表的有五六首——也付印了，篇幅较你的更短；近作再录一首，以终此信。

我所心爱的雨景也多着哪：
午夜梦回时忽闻的淅沥；
爽的，如轻纱拂面的毛雨；

夏晚雨晴时的灿烂日落；
以至充满了“不可测”的雷雨——

但欲雨的阴天我最爱了：
它清如王摩诘的五言律诗，
它是一块凉润的灰壁，
并且从寥廓的云气中，
不知是哪里，时飘来一声鸟啼。

又有几首自己的诗译成了英文，《小说月报》总可见到的，不赘了。

湘　十二月十五日

住址：上海虬江路德荣里二弄1423。

寄曹葆华

葆华兄：

你的诗些我已读过了，我觉得有许多首是很可爱的；现在把我的读后感想向你说出来。

柯勒律基在他的《文学自传》Biographia Literaria 里面曾经说过，要看一个新兴的诗人是否真诗人，只要考察他的诗中有没有音节；这一句话我觉得极有道理。一个运动家若是不曾天生得有条完美的腿，他的前程一定不会光明。音节之于诗，正如完美的腿之于运动家。肺部发展了，筋肉炼成了，姿式正确了，运动家的头脑具有了，倘如缺了两条好腿，那就这一番苦工夫虽说不至于枉费，成就却不会十分远大的。想象，情感，思想，三种诗的成分是彼此独立的，唯有音节的表达出来，它们才能融合起来成为一个浑圆的整体。

就新诗举一个例子来讲，那个“放情的唱呵”的诗人汪静之，处女作《蕙的风》出版之后，有许多人为他失望；然而就音节讲来，那一本诗实在是远胜似《草儿》与《冬夜》。果然不错，他的第二个诗集《寂寞的国》里面有几行很好的诗：

自古来它就伸着向世界，
要想抓到那心中的希冀——
到现在它空着，一无所得……
但是仍然伸出，抓个不已。

——《一只手》

你作的《给——》里面第一段

离开你，妩媚的影儿就立在身边，
满怀的情绪相遇着又不敢明言！
你切莫要笑我愚钝痴呆，是原先
我活泼的灵魂颠倒了在你脚前。

用一种委婉缠绵的音节把意境表达了出来，这实在是一个诗人将要兴起了的吉兆。

另外还有一种征兆，可以因之预测你将来若是能得到充分的材料，一定会创造出一些伟大的诗来。那便是《呼祷》一诗。西方文学中有一句名言：

See life steady , and see it whole.

诚然观察人生，不仅是要用镇静的态度，并且要全盘的把它观察。现在的新诗，还有一部分是感伤作用的，这便不算镇静；还有一部分是囿于自我的，这便不是全盘。《呼祷》一诗能够透澈的观察全盘的人

生，即如求智的一段中有

但如今飞过了青春的良辰，
我仍然独站在荒冷的郊野，
紧抱着这赤裸裸跳荡着的心。
我不见一丛绿林，可以避风雨，
可以镇静着这不安定的灵魂。

又如返自然的一段中有

看蜿蜒如带五色的虹霓，
我跳荡的心神，杂乱的思虑，
曾一度得着了静穆平怡。
但转瞬间我澎湃的心泉，
又像子午海潮，突然涌起。

最后如，最好的例子来了，人生的一段中有

上帝，人说生命是甜蜜的酒浆，
你喝了一口还想再尝；
又说它是苦涩的药酒，
滴一点进口就刺透心肠。
但我端起杯不住的倾饮，
总尝不出那苦甜的真象——
我只觉得它是一杯白水，
没有溶和着半点蜜糖；

淡泊中咬不出任何滋味，

空使你的腹中起了欲望。

这决不像一个年青的诗人所作的诗，这实在是能够 see life steady, and see it whole 了。

《呼祷》是我认为全集中压卷的一篇诗，其次便推描写确切的《问》，情调丰富的《当春光重返人间》一首十四行诗，譬喻精当的《诗人之歌》，音节宛转的《给——》，章法新颖的《她这一点头》。另外有

蟋蟀唤叫飞萤

一行，我觉得是一个好行。

承询及近作，特抄出最近作的一首十四行诗寄给你看（从略）。我的第二个诗集定名《石门集》；自从（草莽集）以后的诗，一直聚到现在，共得六十首左右，删去二十首，余下四十首左右。便成了《石门集》。

朱湘

寄戴望舒

望舒兄：

《我的记忆》仔细读过一遍，最喜欢“Fragments”，“Mandoline”，《雨巷》，《我的记忆》，《路上的小语》，《林下的小语》。“Fragments”巧致。“Mandoline”一诗虽然措词嫌弱，但极力想把那忽忽高低的乐声，用诗章象征出来。《雨巷》在音节上完美无疵。我替你读出之时，别人说是真好听。近来课堂上教到 Poe 的 Annabel Lee，你的《雨巷》与他的诗真是异曲同工。我忽然想起刘梦苇的《序诗》，那也是我国新诗的一个 Prélude。如今又听到了你的《雨巷》。我好久想化用古诗中长短句的音节，到头只作出了《人生》，还是不满意。《雨巷》兼采有西诗之行断意不断的长处。在音节上，比起唐人的长短句来，实在毫无逊色。《我的记忆》一诗作意很新鲜，我最爱

它是胆小的，它怕着人们的喧嚣
但在寂寥时，它便对我来作密切的拜访。

两行，《路上的小语》中

——下，它只有青色的橄榄的味
和未熟的苹果的味，
而且是不给说谎的孩子的

一章很有味——像橄榄一样。《林下的小语》第一章似可删去，第三章首行中“追随我”应是“我追随”之印误。这首诗真像一个五十岁的老诗人所作的诗，尤其末后两章。这首与《雨巷》便是我所最爱的。有许多人替新诗悲观，那实在是人云亦云。现在有你，有汪静之，我所不知道的一定还有几个。这比起闻一多，刘梦苇，郭沫若来，差到了什么，新诗的前途并无可悲观，可悲的是懂新诗的人太少了！

弟湘　十月廿四

寄吕蓬尊

一

蓬尊先生：

来函敬悉。《新文》第三、四、五各期之稿，久已草就，惟因手头拮据，不克如期印行，焦灼奚似！近售与北新书局一译集（蓬尊案：即《英国近代短篇小说集》），一俟稿费取到，即将陆续印行，以慰远注。再，弟游美在即，六期至九期之稿，恐须到美后整理出，始能寄回，托人印刷；出版之期，当在十月左右。十期后则仍可按时出版。

朱湘　五月廿五日

二

蓬尊史：

《新文》因恐游美课忙，不能办下去了。好在五年后回国之时还是要继续出版的。

我的诗集《草莽集》由开明书店印刷，不久就会出版，——已叫他们在出版时寄上一册。

五年内诗文一定不少，但不预备发表，决定回国后自家印行，以免再受书贾的臭气，并可依了自定的格式印刷，（《新文》便因款子不够，印刷得很不满意。）如今手头已有《若木华集》（西诗译集），《新诗选》，《中书集》（散文集），都是留到那刻去印的。……（中缺）想关系念，附告。

弟湘　八月十日

寄徐霞村

莫索：

开书店我是决计进行了，在这里我要尽力所能及的去省，自然不牺牲生活就是。我生活上并不苦，只是隔绝人生，不能提笔作文，这是我的两大痛苦。明夏得学位后，或译一本诗，或考个硕士就回家。近来种族的自觉更深。蒙古民族如今正在生死关头，政治改良，军械制造我已经来不及改行了。（我相信当今这两种事业更比文学重要）并且我的性情也不宜，只得尽一生精力于这不是当今急务而是文化之一峰的文学罢。不打败××，我们中国就是有很高的文化，别人也不理会。但是，将来打败了××时候，我们也要有东西给世界看才行。中国如今最需要作木牛流马的诸葛亮，但作《正气歌》的文天祥也是一个英豪。单就文学书讲：王维固然同杜甫一样好，但在当今时势之下杜甫实在更重要。或者拿哲举来比譬文学，老子并不差似孔子，但如今是更需要孔子。

文学只有一种，不过文学的路却有两条。唯美唯用并非文学的种类，它们只是文学的道路。道路虽然不同，归宿只有一点：这便是，文学：换个法子讲，便是，真的文学，好的文学。力量不够的人走了半截路，走不动了，便停下了，所以他看另一条路上的人以为彼此是不同甚至相反的，唯有天才从不同的路上同达于归宿，彼此相视而笑，李，杜，莎士比亚，易卜生便是好例。

你的《唱》比以前登的一篇旅馆小说进步得像是两个人作的。你脚底已经生了云雾了，洞天福地只看你的腾越罢。丁玲以女子描写女子生活，自不比一般人的向壁虚造，所以《莎菲女士的日记》我当时向景深说过是《小说月报》一二两号中最满意的一篇。（《动摇》中也有长处，不过结尾太弱。）

关于将来回国教书的计划，我是决定了不偏重一国，而用世界的眼光去介绍。希腊文和文学我要仔细研究，这一年内并多读法德两国文学。就民族推得结论是意大利文我决不念了，但决计习梵文。（有时候再读波斯文或阿拉伯文。）我回去后只介绍，不翻译，但我要尽力设法在学生中养成一些翻译的人才。万一搜求了十年还搜求不到人来培养，（我想这决不会）那时候我便不得不选译一些。

《评闻一多的诗》你替我找到了，我又看过一遍，这里面实在一点不曾多说。不过他们这些人里还算他最好就是。郭沫若我从前称赞他有单调的想象，近来翻看 Whitman，发现了他是模仿这美国诗人，不觉敬意全消。如今我的评语是：闻一多刘梦苇最好，汪静之郭沫若次之，徐志摩又次之。

子沅　八月十一日

寄赵景深

一

景深兄：

我这季读英国近代戏剧，很有趣。这些戏剧看来有一股切身的感觉。William Archer 的 "The Old Drama and the New" 在我脑中留下很深的印象。他说伊利沙白时代的戏剧虽偶有佳处，但大体讲来，都是野蛮时代的作品，一百几十年的盲目崇拜（从 Lamb 到 Swinburne），不知骗了许多人：他举出当时的代表著作若干种，加以详细的分析，证明他的这个主张，实在是道理很对，教人不得不佩服。我这一气在廿五天内看了十八个剧本，两本近代戏剧史，兴趣正在方兴未艾，将来的课程中决定了充量的选习近代文学各课，法文德文，预备多念些功课，有闲暇时再多学一种意大利文。我又凑巧看到了顾颉刚的《古史辨》书中论禹是神的一段，从前虽在《努力》看见过，如今看来，更觉有味。尤其是那篇自序，态度诚恳，说话直率，作得好极，序尾讲迫于生计不能进行他的计划，这更是过来人所同疾首蹙额，努目攒拳的。

弟湘　四月二十日

二

景深兄：

我决计就回国了，缘故你也知道了。推源西人鄙蔑我们华族的道理，不过是他们以为天生得比我们好，比我们进化，我们受蹂躏侮辱是应该的，合于自然的定则。我们要问：现状不必比，但是，华族天生得是差似他们吗？如若真是，那我们就该受践踏不必出怨言——除非没有出息去求怜悯。我的回答是：不！就拿文学来讲：平常总以为从莎士比亚那时到现在不过三百年，英国就产生这么伟大的一个人物，我们中国的文学已有两三千年了，实在不及他们那么猛进。其实不然——英国文学发源远在四五世纪间，离现在已经一千五百年了。至于莎士比亚的文章也并非个个字都是圣经，他们教授亲自讲的，他的佳作如录入一书，那书是并不十分厚的。罗斯金也曾比较过米尔顿同但丁，他说但丁的真金多，米尔顿的有许多假铜：这便是盎格罗撒克逊民族所自夸到天上的诗歌的真相。至于科学，我们也并非天生的不中——古代纯凭经验构成的天文与医学可证——不过我们不能那样寻根究底，所以尚不曾发明出科学来。华族如今的退化无庸讳言，但并非天生的不能。我回国后决计复活起古代的理想，人格，文化，与美丽，要极端的自由，极端的寻根究底。能作到怎样，就看天禀了。

子沅

三

景深兄：

接到《文学周报》第五卷第二十三号和第二十四号，给我两个惊喜。你译的意大利童话《盖留梭》，文笔我留意看过去，完全是中文的语气，毫无生硬的欧化词语，比《悒郁》更进一竿头。将来《柴霍甫短篇小说全集》脱稿之后，我相信一定能在文坛上放一异彩。创造一种新的白话，让它能适用于我们所处的新环境中，这种白话比《水浒》、《红楼梦》、《儒林外史》的那种更丰富，柔韧，但同时要不失去中文的语气：这便是我们这班人的天职。你这篇译文所取的途径我看来是康庄大道，作到神化之时，便与古文中的《左传》，英文中的《旁观者》能够一样。还有元度译的《小村子》，简直可以说是一篇散文诗。散文诗在中国很时髦，但是老实说一句，作者虽多，简直没有一个是懂得作它的。节奏，境地，辞藻：这是散文诗的原素。当中节奏最重要：因得有境地，有辞藻，还不过是散文，须要加上节奏，散文诗这名词方有存在的根据。元度的译文好处便在它节奏和谐。我近来不曾作多少事，只是对着窗子看外边绿草上落四月的春雪；早晨听到抱红鸟啁啾个不歇，看见它们像麻雀般小巧的身躯在尚未著叶的树枝上跳跃，如今却是无闻无见了。芝城靠湖，所以如此。江南现在想已经飞絮了。

弟子沅　四月七日，于芝加哥

四

景深兄：

连收到你的两封信。《北海纪游》找到了，我说不出的欢喜，多谢。你看诗极有眼光。《热情》却是受了屈原的影响："青云衣兮白霓裳，举长矢兮射天狼，操余弧兮反沦降，援北斗兮酌桂浆。"（《东君》）还有《催妆曲》。《楚辞》音调在我国诗坛上只有词可以比得上。如《少司命》中"秋兰兮麋芜"一章用短促的仄韵，下面"秋兰兮菁菁"一章换用悠扬的平韵，将当时情调的变化与飘忽完全用音调表现出来了。这种乖后来只有词家学到了。如《西江月》等调所以几年来那般风行，便是音调在里面作怪。我在《婚歌》首章中起首用"堂"的宽宏韵，结尾用"萧"的幽远韵，便是想用音韵来表现出拜堂时热闹的罗鼓声，撒帐后轻悄的萧管声，以及拜堂时情调的紧张，撒帐后情调的温柔。《采莲曲》中"左行，右撑""拍紧，拍轻"等处便是想以先重后轻的韵表现出采莲舟过路时随波上下的一种感觉。《昭君出塞》是想用同韵的平仄表现出琵琶的抑扬节奏。《晓朝曲》用"东""飏"两韵是描摹镜声的"洪""杭"。《王娇》中各段用韵，也是斟酌当时的情调境地而定。《草莽集》以后我在音调方面更是注意，差不多每首诗中我都牢记着这件事。我有许多诗应该用大鼓方法来唱，如《还乡梦罢》是。只有《摇篮歌》自有它的调子。大鼓词实在得到了白话的自然音调。我希望将来能产生出新大鼓师来，唱较旧大鼓师更为繁复更为高雅的新诗。诗行我是自一字的到十一字的都尝试过：一字行如《情歌》的"她，美丽如一朵春花；我，热烈如太阳的火。"两字行加《采莲曲》中的，三字行如《婚歌》中的，四字行如《招魂辞》中的，五行字如《日色》中的，六字行如《岁暮》的"在这风雪冬天，幻异的冰花结满窗沿，凉飙把门户撼：饮酒呀！让我们对着灯火炎炎送这流年。"七字行如《今宵》的"媚阳春一去不还，色与香从此阑珊；再不要登高远望，万里中只见秋山。"以三字语拼四字语成行，与旧诗七言以四三拼成不同。八字行如《催妆曲》中的，九字行如《摇篮歌》中的，十字行如《梦罢》中的，十一字行如《送黄天来》中的。我觉得诗行不宜再长，以免不连贯，不简洁，不紧凑。诗章方面我的各种尝试中有一种全章各行长短不定的，如《恳求》（载《新文月刊》中）是从词学的乖。不过词（大阕非小令）不曾划一字数，我却划一了就是。天下无崭新的材料，只有崭新的方法。旧诗有什么地方可以取法，发展，全靠新诗人自己去判断，我的十字行虽然同旧时弹词大鼓的十字行同是十字。内容却大不相同了，正如李白的乐府异于古代的乐府一样。因为你是我的知音，所以下笔不自休的写了这一大篇，我料想你会用同情的眼光来看这封信，便不无谓的去客套了。《哭孙中山》末章用到耶稣，不过因为孙中山是耶教徒，所以我这样譬喻。这所谓逼得不得不用，否则我决不肯在诗中引入异种的材料的。我想用什是因《诗经》中叫一辑诗作一什，我不曾注意一什是十篇的一辑，蒙你提醒，多谢多谢。朋友中同情的批评是再珍贵不过的，以后仍望你常时提醒指正。关于外国文字有两个理由教我不要多学：一是，想全盘了解世界文学，理必将每民族至少懂它一种文字；想证明我国文学对西方的影响以及它曾在古代受过他民族的影响没有，理必将学习并识各种文字，不过我并非拿研究文学作终身事业，只得在可能范围内尽我一部分责任，至于这伟大的全盘工作只好希望训练后人去从事。还有一个理由是，英文文学向来对世界文学不大注意，我这次去德法两国直接要了几种书目，只有三种，但就中所发见的世界文学名著译本已经多得很，所以我决定在德法两种文字赶快念好，以求回国后能用它们，连同世界语英文，教授介绍世界文学。创作像神龙变化，毫无挂滞，研究介绍像老骥超腾，按部就班。我们现所从事的研究与介绍的工作只是初期；但没有这初期，以后也决没有黄金时代的希望。中国的指望不是那班说俏皮话却不能作事的人，她全靠她勤劳不息的儿孙。欧洲文艺复兴的主要发动物是希腊思想，但是我们要记着当时他们研究希腊哲学都是用的由阿拉伯文译本重译出的本国文本子或拉丁文本子。并非由希文直接译出的本子。回国后开成书店，这介绍世界文学的工作便是一件开门大事。我很盼望你闲空时能把你所有的西文书籍作个目录，好让我买书时不至买重，不知麻烦否？将来罗皑岚和罗念生到美国，买书时也总要求其与我们的不重复。

弟子沅　九月二十九日

五

旭初兄：

一般人都以为我的诗受西方影响很大，关于这一点，我上次写那封信答复你说我是个嫡生的中国诗人时候，已经间接洗清无根之谈了。外来思想并非不能融为己有——有时还极当融为己有，王维受佛教影响，但他的诗并非中译的印度诗，这只要拿他来同塔戈尔一比证，便可看出。就是李白集古诗大成的人，也未尝没有融化一点佛教的颜料。李天才更高于王，所以他融化外来思想时，更加彻底，毫不显露。我们只须拿“暮从碧山下”一诗来同王的“山居”各诗一对证，便会恍然。

如今我国文化第二次与外来文化相交接，我们生的这时代，实在是内蕴极富的时代。我以前给元度的信中举出当今较好的几个作诗者，里面阑入了徐志摩，我现在想来十分后悔，闻一多有他的“玄思”，刘梦苇有他的“歌”，汪静之有他的“手”，郭沫若有他的“黑色牡丹”，但是徐志摩有什么？把他列入，那就实在对不起你，程鹤西，康白情，刘半农以及一些别人了。所以我趁此赶紧把前言收回。

当今诗所以这样坏时，并不必悲观。我国现在并不像美国这样教育普及，诗之销路不广是当然的。从前我相信诗人应当靠诗吃饭，这在中国一时还不能实行。如今想作诗，只有自鼓勇气，再靠朋友的鼓励。天才是在任何情况下，皆可产生的，不过在量一方面要少一点罢了。

旭初兄：这件事情，我本毫不介怀，也请你不必注意。大家都说我脾气不好，其实那是片面之谈。我从前和×××先生决裂，后来又同×××先生不和，并非无因。至于对×××先生×××先生迎头痛击，那是为一班文人吐气。我对于你前后一番盛意，一直是感念得很。就是有地方，你心有余而力不足，我也是照样心领。帮忙，只讲心上，本不在乎事实。我对你只有谢意可言，岂有分毫的他念。如其有，那我真可叫作不懂交情了。所以我希望你不必把此事介怀。并且退一步说，这个还可算作“塞翁失马，安知非福”，因为我久有意回国后自己开书店，那时我对开明代我用的书，应当如何办法，我还实在犹豫不定。如今这样一来，这终难使根在不存花了。《草莽集》与《若木华集》自然这年内任他们去印。

我如今很想在文字方面多下一番苦工。我想在已经学习的希腊文，拉丁文，法文，德文，英文外，加学俄文，意大利文，梵文，波斯文，阿拉伯文。能作到那一种田地，如今也不敢讲，不过我觉得要这样一番工夫，才不辜负来西方一趟。这样算来，我在外国还要住四年，不能早日与你和霞村见面，也无法可想。从现在起，课务比从前忙得多，不能像以前那样隔两天就写一封信，还要请你不必记挂。

六

旭初兄：

信并《文周》五期收到。谈《荷花》一信，是朋友间私谈，所以那几个小地方举了出来。“杏眼人”一名词，我还是头次听见；在英文诗里“五月”是春的代名词，正如在旧诗中“二三月”是春天的代名词一样。冯至的名字，我一直忘记提到，现在补进新诗作者，我不敢讲都知道（那康白情，刘半农，程鹤西的单子），不过我作文品评过的各人，我对他们的作品，发表过什么言语，我都负责。我有这么一句申明，是怕读者见我只论及这些人，便以为此外便没有别个了。《新诗选》之不可出，这也是个原故。王以仁自杀事同刘梦苇的病死也有点像：刘也是失恋。刘肺病是起于认识女子前还是后，这很值得研究。这两件案子，我觉得都不能推到女子身上；刘王实在是一种为荒谬学说的牺牲。即使承认恋爱是人生的最大事，也不限定要结婚，他们两个把结婚看得这般重大，还是旧思想在内作怪，恋爱其实不过是人生当中一种有力的工具；那么工作是什么呢？最玩世的人说是生后嗣。其实呢，这工作是人类的进化。文人不单靠恋爱为工具，恋爱并且成了他或她的一种材料；所以文人最好不要结婚。中国现在谋生既难，结婚又是一世的合同，文人更不可结婚。

中国社交简直可以说是没有，男女连见面的时候都少，更不用说选择了。我相信王以仁如能多认识些女朋友，这悲剧一定不会发生。社交没有，便有手淫，同性爱，娼妓等等不自然的事情代之而起；或者斫丧民性，或者传播性病。这方面，如若没有大改变，中华民族的前途便不堪过问了。

我对于中国的女子也有一种劝告，这世界并非男子的世界，她们自己也占有一半。什么事都得男女合作才得能够成功，她们不要看了以前卓文君夜奔司马相如，后来差一点丈夫要讨妾的事情害怕。只要她有一种正当职业谋生，就是当垆也好，那时候丈夫要讨女妾，她也可以讨男妾；更彻底一点，就是离婚。以卓文君的才貌，还怕嫁不到比那痨病鬼一般害消渴疾的司马相如更好的丈夫吗？不过有一样，弄俏是女子的天性，正如求爱是男子的天性，这是双方都应记得很清楚的。爱这个东西并无神圣可言，它不过是人生的必需，正如吃饭睡觉一样。孟轲就讲过“食色性也”。世界上决不可有什么神圣的东西存在。孔丘的伦理哲学，西方的宗教，都是一神圣，便糟糕了。我们中国古代并不曾演过什么恋爱神圣，夫妻一伦不过注重传后。这个什么恋爱神圣完全是英国十九世纪中维多利亚朝的特产。他们在艺术之宫中闭着眼在那里讲恋爱神圣，他们的兵士却在世界上作着强盗野兽。

恋爱虽没有什么神圣不神圣可言，它却自有它的规律，好像吃饭睡觉一样。吃饭有两个目的：一个因为饿，一个因为吃饭了好作事。恋爱也有两个目的：一个因为人性需要发泄，一个因为恋爱之后更好作起事来更上劲。这种目的能作到一个中庸的地位，便是善，否则便是恶。吃饭吃过止饿的田地，以致胀肚子害着病，作不了事，那就是恶，叫饕餮。不过这饿字要解释一下。树皮黄土不也可以止饿么？何以便赶不上饭菜呢？再进一步说，何以人也不可单吃米麦，或蔬菜，或肉食呢？可见这个止饿，并不只是填肚子的解释，它是止食官中各种的饥饿。怎么便叫止呢？好饭好菜谁不想多吃，诚然人的饭量不同，有大有小。蝉听说只要餐风饮露，那自然是不确；不过它的食量总不及狮。人当中也有能吃二十碗饭的，也有只能吃一碗的。但是上馆子时候，过年时候，何以饭量便大起来了呢？假设有一个人，只有一碗饭一碗菜的量，但他一定要吃一碗饭，两碗菜，甚至三碗菜。他说他有这个量，这又有什么法子能证明他不对呢？作事，作事便是惟一的方法。食过其量的人不是不能作事，就是作事的速率减过其常。

七

旭初兄：

信收到。关于丛书事，不能进行，我前几天写了封信同你谈，想已收到。文人生活实在是说不出的艰难。像你那般勤快，译笔在现在又是头几个人中占有位置的，都不得意到这种田地。刘梦苇作诗作死了。文坛上不仅为贫穷，并为不公道所盘踞；但回头一想，你还算不幸中之大幸：我们生计上至少不愁了，比起一般永久忧患于贫乏，潦倒中的同行，至少是幸福得多了。我回国以后，打算纠合朋友们开一“作者书店”。用自备资本，不用外来的，因投资者目的都在赚钱。这书店的两个最大方针是：（一）大部分赢余拿进作者手中，（二）小部分赔补销得不畅的书，如诗集，学理书等。这笔资本最难筹。我们来美国的几个，在月费中省俭些，四年以后，两千元之数大概可以筹得到。拿这个作基本，再经过三五年的奋斗，我相信这条惟一的文人活路，总该可以打通了。经过了这七年艰苦的草创期，这书店我相信一定能一年兴盛一年；因为它立基在坚固的盘石上。新文学的读者从前就听说过大半是中学生，如今有人来信所说两层，我更相信。或者是因为中国政治清明一些了，所以我对文学也抱起乐观来。盼候着读者在程度上提高，在数目上增加。

我在中年开始作文化诗的决心，现在更加坚固。暑假中决计开始读希腊文，秋天起习意大利文，一二年后习梵文，这都是为了研究这三国在此方面所有的杰作。

八

景深兄：

上月十七日信收到。《草莽集》想必这两天也就可以接到。这本诗终于出来了。在现在我写这封信的时候，想必已有许多人在那里对它流泪叹息，对它捧腹拊掌，自然也有许多人看了它莫名其妙，不知所云。我如今忙着译诗，尤其从我国诗歌译成英诗的这种工作，它需要充分的准备占去了很多的时间。决定三年后将我国诗歌介绍进英文坛以后，即行回国，继续我创作上的工作。我的《三星集》，已经寄给唐仲明画封面去了，想必年底可以寄到上海。又由你转给徐霞村的一包稿子，是我同柳无忌的稿子，预备印那不定期的书形刊物的。如果霞村尚不曾到沪，望你代为收下。

霞村如到了上海，一切琐事自然可以托他闲暇时代劳，万一他还留恋在巴黎，那时当再转托你。寄给霞村的包子内，有在此译的 The Tiger，自己还满意。《三星集》中 Eve of St. Agnes 最卖力气。关于我的华译，国内有何评文，均望用我的稿费，代为搜得。还有新诗的书物，也望你暇时代为留意点，用我的稿费代买。霞村在沪，自然比你闲的多多，这些事情交给他办好了。不过你的消息比他灵通，务必请你当时代为留神。

九

旭初兄：

后天寄上《三星集》。创作的快乐有两个：创作时的，创作后的，创作时好像探险一般，常时看见意想不到的佳境，涌呈于心目之前。创作后好像母亲对着新生儿凝视，详细估量他四肢的调和，肤色的红润，目光的闪动，声音的圆转。这一种的快乐，我在圈点《三星集》时，又一度品尝了。还有那充满诗意的封面：星作灯笼，悬在舟中，在天河荡漾，地上有美神，一只腿已经步下象基了，她的头转了过去，看那些玄妙的灯光。腿下故意不画全，以与断臂相匀称。再想到我添女儿的妻，因此书能得到一笔钱去雇奶妈，愉快是有加而无减的。

十

旭初兄：

十月廿五日信收到。我很希望你的《文学趣味》能够出版，好给我一个机会全力帮你忙。刊物何不扩大范围，作一普通文学性质的杂志，稿件我相信我们这几个人尽够了，索性不收外来稿子，并非办不到。你决定办时，可以立即告诉我，我好立刻写稿件给你，诗，译诗，散文，评论这里存着不少，足够用好久。我一直是为人作着嫁衣，就是以前办《新文》，也光是空谷听自家的足音，太冷静了。

这次你能办一月刊，一定可以十分亲密热闹，有如家人团聚一般。《复旦文学月刊》过去成绩何如？要是好，我们就把它发展也未尝不可。如其那样，你的刊物缩小范围也好，或者更加扩大，作成一个更好的《新青年》。无论如何，我全力帮你就是。

我越在外国住得久，越爱祖国，我不是爱的群众，我爱的是新中国的英豪，以及古代的圣贤豪杰。文学本是个人的事业，不过独行踽踽，有时不免丧气。那时候听到远方同伴的呼声，勇气又可振作起来。旭初兄，千万不要失望，你翻译西方文学全集，令人能因之窥见西方文学创作方法的真相，同时努力创造一种纯是中文语气的译笔。这两种贡献虽不为社会所公认，明眼人总看得出的。什么地方的社会不势利，中国被人人看不起，也不过像是客人受客人鄙蔑一样罢了。

我明年秋去哈佛或纽约，决定开始翻译中国文学。满中国不是我的仇人，就是翻醋缸的。要是我能成功，那生活就不愁了。生活不愁之时，便尽可向社会挑战。不，简直不必挑战，那时候社会自己就会来向你摇尾了。在纽约，我又想不译古诗，却自己作史事诗，如韩信，文天祥，孔子各诗，作成后，翻成英文，两种稿子同时付印，不知究竟如何，明年秋天总可决定。

旭初兄：《文学周报》不由你办了，这原故，我也很明白，我如今成了《古今奇观》中的钝秀才。凡是亲近我的人，都要遭殃，我有什么给你们呢？没有什么，除去一点很空虚的东西。为你安全起见，我想只有一个方法，就是我们从此不要教敌人从纸张上看出我们两个彼此的交情。

近来作了一首英文诗，觉得很满意，写给你看：

The twilight of the gods
Hath come，hath gone;then dawns
A new day on the world—
The Law，the Eternal Law
That brings forth golden suns
From out the womb of night
And clouds，and holds the stars
In their harmonious course，
Doth also o'er this world
Of shadows reign supreme.
From out the darkness，lo!
The beacon of Love flames forth，
Falling its light o'er all
And everywhere;and man，
Governed by the same power
That draws to flowers the bee
And planets round a sun
Is one with it:and melts
Into Eternity.
'Tis true the suns will vanish
One day，and with them the Laws
But what do the ephemerae

Of autumn or winter know
Whose span of life but measures
A day in spring? Enough
For them to have seen the light
And under the warm sun
Have lived.Other suns shall rise,
And with them other beings;
They too shall have their Law,
As we have ours.
Then, Love,
Be light to me, and warmth,
And all that men hold dear
And noble, that one day
When elemental change
Claim mine ash for his urn
I may fly forth content,
Still thinking of the light
That hath enkindled me,
The crackling laughter I
Have had once, the bright flame
And the warmth I have shed
On shivering wayfarers.
Whose journey will but end
With death, death the Great Unknown.

十一

旭初兄：

二月十四的信收到。《格林童话集》我买时以为是全集，到手时发现不是，已经快过年，来不及再买了；好在千里鹅毛，取在一个情意。想必你总不会看到它奇怪。两篇译诗加进了《若木华集》。很好。还寄一些给你，能赶得上加入，那就最妙。《打弹子》，《木兰从军》，《咬菜根》，《梦苇的死》，《书》，《空中楼阁》，请寄给我。《北海纪游》在某期《小说月报》中，最好是请你用我的名字，在《文学周报》内登一启事，征求此期；等将来散文集子《中书集》出版时，送他一本。《中国文学研究号》听说出来了，不知你或熟人处能否借一本有我文章的寄给我看看。这书我用不着，请不必买了送我。我看完后选自己文章内满意点的抄出后，便将原书寄还。这本书内有我的许多《读诗杂记》，当时郑西谛因为这名字不很动听，把这各篇杂记分成了一些独立的篇什，我如今想起来，还是觉得不舒服。罗皑岚的短篇小说集，如今在唐君右处画着封面，画好了，由他直接寄给你，寄到后请你代问开明商量卖现钱的办法，结果如何，请直接告诉他（清华学校罗正玲）。这是（友声）丛书第二种，第三种是罗懋德的散文集，我告诉了他直接同你通信，请你替他卖现款。徐元度去了庐山，不知住址为何？我告诉他我搬家，所以好久不曾接到他的信。你以后与他通信时候，便中请告诉他我留美时期内的常用通讯处：Chinese Educational Mission，2300，19th.St.N.Washington，D.C.，U.S.A.我的两个译诗集子，庐山是决找不出抄者的；我想就那样付印罢。最后的一次校对，由开明寄给他办理好了。天津他亲戚家中有我们寄去的许多稿件（清华与美国），我想我如身体过弱，那时便由清华的几个（两罗同陈麟瑞）编稿，省得耽搁。我以后寄给你的信，还是由开明转。柴霍甫全集译出的计划，我听到极其快活，像这样整体的介绍安得生，柴霍甫，在我国译坛上实在是开辟风气之举，我在此预祝成功。如需要书籍时，请不必客气。我初来美国，经济自然紧点（我从上海是怎么能动身的，想必你还记得）。暑假以后，便会松动了。柴氏的全集，都已买齐否？他的信札传记等书，预备买那些？请把要买的书，开一张清单给我。我能买多少，便买多少。你也不必客气。我也自然不客气的。

弟子　沅三月十九日

十二

景深兄：

霞村不知已经到了上海没有？寄给他的有一包稿件，这包子请你打开拿出我译的 Blake's“The Tiger”放在《若木华集》中 Burns 一诗之前。还有附在此信中的“The Old Cloak”放在《鹧鸪》后。《三星集》已经托唐仲明画封面去了，想必阳历年底可以付邮。昨天华氏寒暑表只有十度，但草到现在还是绿的；早上的霜厚得与雪一样，不过没有雪那样平就是。现在开始译 Arnold's Sohrab and Rustum。此间生活虽是无忧的，但也是无味的。很想把中国诗译出一本以后便离开此处，或者能去欧洲游历一趟，那是最好了。到此后，诗的材料诗的感兴一点没有，闷时虽可以译些诗，但创作的愉快已经好久不曾享受了。《文学周报》收到了，谢谢。论短篇小说结构一文很有点自己的见解。国内的文人要是都能像那样的研究，那就文坛的气焰也不至于这样消沉了。是的，中国现在并非没有人，不过太少了。景深，你知道西方人把我们看作什么？

一个落伍，甚至野蛮的民族！我们在此都被视为日本人！盎格罗撒克逊民族都是一丘之貉，无论他们是口唱亲善，为商业口唱亲善的美国，或揭去面具，为商业揭去面具的英国。我还以为法国人比较无此种成见，但近来巴黎朋友来信说他亲眼看见法国大学生侮辱中国人，知道我的这种揣想也错了。他们对中国的态度不是轻蔑便是怜悯，因为他们相信中国是一退化或野蛮的国家。传教便是怜悯的一种表现。中国如今实在也是有许多现象可以令我们愤怒羞惭的，但我相信这些只是暂时的，变态的。要证明我们不是一个退化野蛮的民族，便靠着我们这一班人的努力。如若我们（中国精神文化之一方面的代表者）不能努力，不能有成绩贡献出来，那就我们自己也不能不承认，我们实在是一个退化的，不及他们的民族，应该受他们的轻蔑蹂躏！我来这一趟，所得的除去海的认识外，便类这种刺激。我们的前面只有两条路：不是天堂，便是地狱！

子沅　十二月四日

十三

旭初兄：

七月十六号来信收到了。我以后诚然是想在社会科学自然科学各方面多注意些，不过这一生作事还是文学。我写信寄元度，想必是说过火了，所以起了误会。文学在学艺的整体中，诚然只有相对的一席地，不可因它便把其余的一切抹杀了，但是没有文学之时，一种文化也决不能说是完全。并且我国向来是轻文，（一方面轻文，一方面却又全国之内不见有人脚踏实地去作事，只见一群阴影子在那里摇笔作祟。）我们从事文学的人更应该小心在意，不要陷进坑阱之中。看轻真文学的人是井底之蛙，我们不必过问。至于伪文学，你我与一班同志早已看不起了。

你的信里，说到靠着翻译谋生，很是灰心。你说，不能读书，只在制造文学的商品，觉得不自在。其实说来，读书有两种目的，一欣赏，二应用在事业上；就第二种目的看来，读书不过是宾，作事才是主。如今从事作家全集的介绍，在新文学的译坛上开一异彩，这不是一种伟大的事业吗？至于说到商品，英国的 Scott，法国的 Balzac，他们当时那样发狂似的写小说，不都是为了还债吗？你有好的商品给读者，何必不自在呢？

天天坐在案前作着同一件事情，这难免教你觉得厌倦，更何况你是译着那灰色的柴霍甫。但是你应该记得你是从事于一种伟大的工作；一想到这里，你的勇气一定会又振作起来了。社会的进化有时固然需要急剧的改革，但大半时候还是需要一步步的笨功夫。这种笨功夫确是无趣，“生之厌倦”的呼声便是因此而发，只有靠了同路的伙伴相应相答，才能在厌倦中得到安慰，在消沉中振起勇气。童年之梦的安徒生全集译过了，灰色之破晓似的柴霍甫全集也要译完了，下面让巴尔札克接踵而来，我觉得是再合适不过了。我可惜没有钱买一部英译全集送你，不过这一带的旧书铺里我曾经见过，大概是二三十本，美金十块左右，崭新的。两罗总有一个是在这里念书，你想买的时候很可以托他。

见面不远，一切面谈。

弟湘　八月十九日

十四

旭初兄：

刊物事进行到了什么田地？我近来感到，缩小范围也好。文学批评这种工作也就很重；评论新出版物，介绍西方批评文学，批评我国古文学，这三方面要作起来就是很吃力的。刊物尾端我以为可加杂感一栏，好让我们这班“文学”中人“批评”社会。

还有一方面可以作一点事。昨天我在杂记中写下这么一段话：“文人为求作品有特彩起见，常常过他作品中所描写的生活。法国拉封田写童话诗，他自己就是一个老孩子，他不能治生产，我们决无怪他的权利。”

今天接到《熔炉》第一期，内有你谈拜仑同姊姊恋爱的文章，推原到他母亲身上，这实在很对。一个人感情薄弱，那就无可说的；要是他感情丰富，那就他在无正路发泄感情时会不自禁的去走小路。没有母亲可爱，就拿爱母亲的情去爱姊姊，这也是常事，再加上拜仑简直是一团火，那时候就是闹出乱子来也不希奇。

我好像记得中国有寡妇同儿子交媾母子一齐定罪的事情。其实说来，礼教束缚住寡妇教她不能再婚，这实在是礼教的过错。有人可以问：她何必不偷人呢？我猜想她一定是受礼教之毒过深，没有勇气了，或者是简直不知礼教是什么。她自己说：与其偷外面人，何如丈夫的儿子呢？这种事情骤看过去实在希奇古怪，但天下没有无因的事情，我们只要平心去研究一番，也就了解了。

了解虽了解，我们终应当承认这种现象不自然，就科学说来是不好的，正如手淫娼妓就科学说来也是不好一样。但社会一天不肯解放男女，这各种现象便一天不会断绝。

美国没有别的好处，男女解放实在是作到了。纵欲呢，自然也不免。但是一个人决不肯饿死的，不想饿死就得作工，作工累了就纵不了欲。富人自然是淫逸，那是到处一般。从前我听说美国高等学校的女学生十人中没有一个处女，觉得不好，如今我意见完全改变了。我说，与其有贞节而丧失去健全的男女，到不如健全男女而丧失去贞节。

你那刊物出版时，我总可以尽力帮助。昨天正看十九世纪中西方文学批评的一些文学，如——

Sainte-Beuve:What is a Classic,

G.Sand-G.Flaubert:Letters about Novel-writing,

Renan:Share of Semitic People in Civilization,

Taine:Ideal in Art,

Zola:Experimental Novel,

Maupassant:The Novel,

Brunetiere:Impressionist Criticism,

A.France:Subjective and Objective Criticism,

Lemaitre:Bourget and Stendhal,

Brandes:Selections,

Tolstoi:Selection,

Chekhov:Letters,

Gorky:Tolstoi's Flight,

R.Rolland:People's Theatre,

Maeterlinck:Modern Mysticism,

Andreyev:Modern Theatre,

Croce:Essence of Aesthetic,

只看了五篇，已经高兴之至。我很想等你刊物出版时替你译一篇。

弟子沅　二月六日

信望由下处转交：

Chinese Educational Mission

2300 19th.St.N.W.

Washington，D.C.，U.S.A.

因我同教员不和，已经退出学校，究竟转往何处，尚不一定。

十五

旭初兄：

霞村兄的两首诗，我以为只是散文。诗与散文的区别究竟何在，无人能够解答。Shelley 称 Bacon 为诗人，这颇值得深思。Moulton 划分想象的文章为诗，纪事的文章为散文，可算得无可奈何中一个较为开明的解决。

“都会主义”是现代文化的一种必然结果，事实当前，无从否认。请为兄与霞村兄诵一首“都会主义”的诗：

Another Spirit Advances
What is it so transforms the boulevard?
The lure of the psssers -by is not of the flesh;
There are no movements;there are flowing rhythms
And I have no need of eyes to see them there
The air I breathe is fresh with spirit-savour
Men are ideas that a mind sends forth.
From them to me all flows，yet is internal;
Cheek to cheek we lie across the distance.

Space in communion binds us in one thought.

——Jules Romains

(Eng.trans.by J.T.Shepley)

这首诗作为“战诗”看，已经脱除窠臼；作为综合诗（Synthetio Poetry）看更觉高妙。我以为按照第二种眼光来看，这首诗可以算得“都会主义”的启示。

文化是一条链子，许多时代是这条链子上的大环；诗便是联络两大环间的小环。小环是大环的缩影，它们都是浑圆的；那浑圆便是人性。通常的一条链子，谁都看得出那些大环与小环是相同的，惟有凭借了科学，一个人才能看出这些环子在形与质上的差异；人生之链与此恰恰相反。诗人的责任便是要启示那种种不同下的这个大同。

弟湘　二月廿二日

十六

旭初兄：

费心你在最忙的时候寄了西书来，并谢谢送我的书。封面雅而称，引文很费了些心思，译笔更不用说，较之时下的假欧化体（创作亦然），真是判然两物。《无名氏诸德》是本学期“英名著”班用的课本，有人译了，我把心放了下来，因为我觉得这样一本好书，要是不介绍进来，未免太不过意了。昨天作了一首诗，这是两三个月来的第一次。

弟湘　四月廿一日

十七

旭初兄:

到今天算是一切都办好了。外国语文学系虽然他们一定是要我干，摆脱不了，课程虽然由我力争，照我预定的计划排定了；不过教员方面，学校已经请了谢文炳来。

Handbook of Universal Literature 一书现在要用吗？如不用，可否暂借？存书不知有法子寄来否？请函告。

你送我的各种著译，我已经送给图书馆了。

民间故事集的译文请催北新快点寄回吧。近来听到一个安徽某县的民间故事，同“王大傻”是一个类型：故事说，从前有一对老夫妻，妻子得梦，说是本地要有天灾，城隍庙前的一对石狮子要是眼内发红，天灾就要下降了；那个老婆天天去庙前探视，被邻近一个屠户问出原故来了；那屠户同她戏弄，在石狮子眼里涂上猪血，被老婆子看见，慌慌张张的赶回家去，别的也来不及带，就只抓着一只鸡笼，同她的老伴跑上了山去——这地方立刻陷成了麻湖；那山从此就叫作鸡笼山。（事载州志）

弟子沅九月廿一日

寄柳无忌

一

无忌兄：

接君右与皑岚的来信，又在报上看到了你回来的消息，特修此书，欢迎你回国。在伦敦与高女士结婚的喜信，也是应当贺祝的。

我这两天就要离开安庆；大概上海总得要去一趟。届时想可快晤并畅谈一切。

我最近寄给皑岚的一封信内附有近作几首；他来信说要寄给《文艺杂志》。我因为特种缘故，已经回他的信，请他按照原信中所申明的那样，不发表；这特种缘故我已经告诉他了。不过在别的方面，我要是能够帮忙，我是一定尽力的。这一层希望你能谅解。

专此，即颂

旋安

弟朱湘　八月四日（二十一年，安庆）

二

无忌学兄：

这次由北平来到长沙，才看到你的来信。你以文人而在耶鲁得到荣誉的学位，替我们一班文人吐了一口气，这是我所要特别庆贺的。又阅报载你已经与高女士在伦敦结了婚；虽说我是事后才得到消息，我谨此祝贺你俩的爱情与日俱进，与松柏齐高！我已经离开了安庆；我患了脑充血病，医生嘱咐我静养个一年半载。在北平的时候，听说南开聘了你去；这个消息，在我下次接到来信之时，总可以证实的。我在知道得病以后，便一直去了北平，并不曾到上海去；可惜错过了这个机会，不能同你见一见面。我的那两首诗，你在皑岚处看到的，有不能发表的理由；不过《文艺杂志》需要稿件之时，我再拿旁的稿件帮忙好了。君右替我画的封面很好，也是这次来长沙收到的。听说你在巴黎与君右会到了面；他以后的计划预备怎样，我很想知道。专此即颂。

近佳

弟朱湘　十二月七日（二十一年，长沙）

三

无忌兄：

前在长沙，曾经写了一封信，回复你寄到安庆的来书。以后我又开始了我的汗漫游。一直到现在，我才在上海北四川路七二七号俭德公寓住下了；用的是号。

《文艺杂志》如今进行得怎样了？附上诗一首。（诗从略）下次直接写信到南开。

君右近址为何，还是 Daguerre 十一号么？因为我的《石门集》已经在接洽印行之中了；原稿预备送给他，以作装帧与赠书的答谢。

皑岚的近址呢？

骆启荣兄你可见过面？

顺颂

俪祺

弟朱湘儿童节（二十二年，上海）

四

无忌兄：

我来了北平，住西郊达园。

下学年也没有一定的计划。只不过有一层是决定了的，那便是，作文章已经是作得不感觉兴趣了。

匆匆，即颂

教安

弟朱湘　（二十二年，北平）

五

无忌兄：

现在已经时候不早了——虽说枉费了几个月的光阴，却总也算是作了诗，并且也把这三十年的旧债一齐都加倍的还清了。在这个各大学已经都开学，上课了许久的时候，才来托你，不用你说，我还有不知道是太迟了之理么？不过，以前我是每天二十四点钟之内都在想着作诗，生活里的各种复杂的发化，我简直是一点也没有去理会；如今，总算是已经结清了总帐……不过，时候却不早了。我能不能教书，我们也同学过两年，你无有不知道的。现在才来托你，自然是嫌迟；我不过是对于我自己尽一分的人事罢了。能否有位置，有钟点，学校方面肯否找我去教，这些，不用你说，我也知道毫无把握；不过，既然生了，又并不是一个不能作事的人，也就总得要试一试。若是一条路也没有，那时候，也便可以问心无愧了。无故的，忽然向了你说出这一些感伤的话，未免大煞风景；你也是一个文人，想来或者不会嫌我饶舌。就此停下……倘若，不论有指望没有，你能给我一个回信，那是我所极为盼望的。我住在北平，东四南大街，一四四，华北公寓。

弟朱湘　（二十二年九月，北平）

六

无忌兄：

我由天津路过的时候，承你们的盛情，极为感谢！现住杭州里西湖惠中旅馆。预备先作点文章。曹助教短篇译诗，等我问了赵景深兄，再给回信，至于你的译诗，我因为匆匆，不至拜读；你可能在暇时写两首？赵兄说是很欢迎。

弟湘　十一日（二十二年十一月，杭州）

寄罗皑岚

一

皑岚：

你给懋德光钦诸位的两封信我都看见了，你决定学文学，我赞成之至，这是不用我再写信劝你，另费一番口舌的了。你要多读些本国的文学书，我除赞成之外，还有一句提醒：便是要乱看，快看。快看的理由不必讲的；乱看则因我国的书分类不明。《唐代丛书》，《汉魏丛书》，宋人小说，《金瓶梅》，经史子集……推背图，堪舆书籍，弹词，以及满腹故典的乡农：这些都是最好的材料。你的小说，那不用说，我是以先睹为快的了。我决定替文学社办一本《文艺汇刊卷二》，此书是社会性的，一定选择很严，但是我想，你的作品一定是我不必选择的了。除此预约之外，你别的小说，如果愿意由我介绍给××月报，我也很乐于效劳的。你的许多计划里面我只有一条不赞成，并且十分反对，那就是早婚。你且听我这过来人的痛苦的呼声：早婚是该铲除的，在任何条件，甚至于爱情之下！我更沉痛的叫出，纤头式的婚姻是非人的，你如在此圈套之中，就得赶快挣脱，即使手握圈套的人是善意的，甚至爱你的！我便是已入圈内的牺牲；我的前途满是荆棘，连我自己都不知道是个什么结果呢！这些不去谈了，让我把刚才作的《恳求》写给你看看。（诗从略）

湘 （十五年九月四日）

二

皑岚：

我们已与××书局交涉好，办半月刊，并出丛书，担任稿件者是我们俩，陈，柳，李，冯雪峰，沈从文，徐霞村，潘野逸等。半月刊因书局待筹款，要九月底才能出版，丛书一个半月可以印一本。你的《东镇》望快些编好，寄来给我，好编作丛书第二种（我的《新诗选》七月半印成后就印《东镇》）。半月刊编稿由我担任，将来各处的文章可以由××寄去美国，由我编定，以收慎重之效。内容自然重视创作，短篇的原译佳者亦可间登，另有《书籍评论》、《文学消息》，简短扼要的批评新文学以来发生了一点影响的书籍，并灌输文学各方面的常识（如名著介绍，文人轶事等）。得先预备五期的稿子，望你在《东镇》各文外努力多作些，因九月底《东镇》恐怕早已出版了。《新文》大半要不办下去了。我的译诗集《若木华集》已成，大概年内可以印出。《草莽》经过一番曲折后，两个月内也可问世了。

湘 （十六年五月十六日）

三

山：

林率转来的信收到。你的在周刊发表过的文章我便要替你编成集子去试卖一下。我靠卖文过活的意思已经决定，办法是创作，翻译（西文译汉，汉文译西），编书，发行上采用直接订购的方法，在较好的报纸杂志上自己署名登广告。《新文》三四五各期的文章均已作好，如今卖与北新一本《英国短篇小说集》，一俟钱到，就将《新文》陆续印行。我决计把它印下去，我相信一件事只要能持久总可成功的，如今订《新文》的，虽只二十人，但包括有九省的人（京，津，奉天，吉林，开封，南昌，南京，上海，广州，新会，柳州，日本），将来一定可以一年年的增加，五年之后，想必五百份总可销得去。到了《新文》的读者有五百人的时候，我的卖文为活的计划便有一半的功效了，再加五年，便可完全以著作编译谋生。我身受文人之厄难，将来年壮之时手头宽裕，一定要开一书屋（文同书屋），拿重价收买稿集（好的，不是好销的）觅妥人经理，凡托书屋代卖的书籍都要先经过我的选择。我五年留（？）国后免不了要教点书以贴补鬻文的所得，但至各书销行到千份时，便每礼拜最多只作四时的演讲。这便是我的计划，虽然实行时在枝节上免不了有点迁就，但大体仍然不变。“有志者事竟成”这句俗话便是我的格言。

湘　（十六年五月二十六日）

四

皑岚：

清华生活已经结束了，为之一快。如今同妻子住在京中，大约一星期内动身去上海，到时一定有信告诉你的。听说你恭喜了，这在个人生活上是很重要的一页，精神状态一定要发生很大变动，并且结婚以后，社会上便以成人相待，有许多从前闻所未闻的事如今也窥见了，这是我们文人观察社会实情的第一步梯子，想必你是不会任机会过去的。《东镇》因事情太忙，没有能替你整理出，只有转回由你自己编了。上海的××北京的××以及××××等都是买稿的，很可以都试一下。

湘　（十六年七月六日）

五

皑岚、林率、念生：

廿四过神户横滨，在神户码头上看见一种有趣的物件，一寸半见方的纸盒，上印女子半身，盒内约有十个纸包，包着粉红色的薄质橡皮器具，——我很像格利弗游到了小人国，看见了侏儒之冠了。在横滨上岸游了一下，据车夫说“第九号”是一个“好地方”，可惜身边不曾带三块日金，不能去开开眼界。（但听说有人去咖啡店，上楼后见下女而不见咖啡，终于逃出来了的。）一路风平浪静的到了檀香山，洋号太平，真是名实相符了——不过据一大学毕业的船员说，上次的浪打到了甲板上来，所以你们还不要预先欢喜。檀香山日侨约十万，美民只抵其四十分之一，我国侨民则有二万五千人。岛上的法律是居民一律要入美国籍。他们有六年不曾看见过本国人了，所以这次招待得我们极其殷勤。岛上风景很好，节已交秋，花鸟仍繁。博物馆中陈一白色羽毛编成之奇形人头，眉，眼，鼻，口均用赤羽嵌制，据说是土著奉的神。鱼介博物馆中有各种各样的鱼，有的身作豹文，有的腹部淡青，胸尾部鹅黄，胸间则呈黑色双钩的“人”字形纹，活像一条腰带。形状上有的全身作桃形，有的嘴像臭虫与猪，真是不曾目见之时就是作梦也想不出的。洋中可惜不曾见到鲸鱼，只有飞鱼常在船行过处翔起，鼓翼到一二十丈外而没。

子沅到美　前一日（一九二七，九月七日）

海上得诗两首，一载《海上》，青球误印作青珠，并已寄与赵景深刊入《文学周报》。另诗系以无韵诗体试作，因为当时的情感觉得非此不足以达。作完之后，颇觉满意——我从前一直是主张中文不宜于作无韵诗体的诗的。诗稍长，须待到校后方可抄出寄与赵。临离开上海之时，由他以××编辑的资格作介绍，××已允承印我们的丛书，并照《草莽集》的方法抽取版税，即初版印两千，抽百分之十五，可预提五百部之版税现款。再版后按百分之二十抽取，所以希望你们多多努力，成书后寄给我。我的《若木华集》也已交给他们了。刊物事难于即成，将来或者感情很好时可以办到。文学社友个人如果有书愿用此办法印行，也欢迎。若是筹得出款项来，自己印月刊也未尝不可。子惠遗下的一篇译稿就定了这种办法。梦苇的诗集（白荷），我也要在到校后写信打听下落。一公的遗剧，未尝不可选印若干种。在未出月刊以前，我想了一种借××周报及××月报发表我们作品的方法，前项自然不成问题（不过它的篇幅太小），后项结果则不能作准确之词了。

六

皑岚：

海上一信想已收到，此信达时，《洋》一诗料亦见到矣。已在亚坡屯镇上觅得房屋与柳君合居，东家相待，尚称文雅。美邦交通便利，行旅无忧，故此次二万里之海道以及一万里之陆程，较之国中自津赴沪，舒适不仅十倍而已也。此中人相待并不甚恶，大概因人而定，我以礼往，彼亦不免以礼来也。经过一番唇舌后，校中已允插班四年级，本期所选之课为拉丁，三年级法文，英古文，谈尼生，浪漫诗人，五种，本星期三始业。关于《东镇》一书，务祈从速进行，寄

Mr. Hsiang Chu

509 N.Lawe St.

Appleton，Wis.

我得代校一过，即行寄沪付印。封面事可以代委仲明。他已答应向孙子潜索回子惠所译之法诗人拉马丁之小说一部加入我等丛书。刊物因不甚赢利，书局恐一时难以办到，竟不如用《文艺汇刊》办法出一种书形之不定期刊物，较为一举两便。俟到各书畅行，感情增进之时，再行交涉发行刊物，想必易甚。望多多努力，并催促林率念生等。文学社友如有佳作，亦甚欢迎。我在此间，自亦当催促无忌及其他文友作稿。国内之稿望陆续寄我，以便编定。文坛上有何佳作：对《草莽》有何意见，均祈随时见告是幸。

子沅　（十六年）九月十九日

七

皑岚、林率，念生：

无忌同我的稿子已经寄去上海了，他是一诗，《死》，二译诗，Daybreak ，and To Violets。我是一诗，《招魂辞》，一译诗，The Tiger，一文，《荆湧》。你们不是都有现成的稿子吗？自己选一篇寄给“宝山路宝山里开明书店赵景深先生转徐霞村先生”好了。他已由法国回沪，这对于我们丛书及丛刊的计划很有大的帮助，尤其是出版的早期上。李××我觉得是很有希望的一个文人，已经写信给了他，望催他的稿子。文学社友如有稿子，望寄给我看看。我的《三星集》已经寄去仲明画封面了，想必年底可以到沪。托念生（由霞村转告的）寄的中文书及稿子，愈早愈妙。我现在已经译了八首词，都是用诗体译的。决定在美国再住两年，把这件工作完成，学位一定是牺牲了。子惠译的小说就要寄去上海。匆匆。

子沅　（十六年）十一月十三日

听说《草莽集》已经出版，你们想必都收到了。乱了一年，终于出来了。不过“唐仲明作封面”六字不曾印进，已经写信给《文学周报》了。《洋》一诗想必也看到了。我的诗稿本不轻易发表的，但因景深之故，寄去了两首。《洋》一诗是我在无韵体上第一次正式的试验，以前虽有《雨景》一诗，但那不是自觉的。我本是主张中诗不宜于作无韵体的，不过当时的情绪觉得除此外更无表现的方法，所以竟然自己也作了。到此后译 Michael 也是无韵体。

八

皑岚：

稿子收到了，今天就寄去谢兄处。短篇小说的要素在这几篇之内可以说是规模具备，以后所需要的便是发展与提炼，由较模糊较稚弱的地方升高到光明与坚固。序文我现在不便作，因为你现在所处的地位是需要鼓舞的，不过我若是说些好话在上面，别人多心的（这种人并且如今多极）便会说是自己捧场。弱点方面我一说的时候，那别人更有话讲了。这让不同情的人抓作了话柄，那又何苦来呢。不过彼此之间，谈谈也好。这八篇中我最喜欢的是《告阴状》，喜欢它的弦外音。正面的反讽不须说了，侧面的用以暴易暴的方法来烘托，更见巧思，乡愚的心理也被握住了，其次是《租差》，就中描写老板娘子为李四长求情之处，恰到好处。生活与人物是小说家的必要条件，禀赋上在这两方面并不缺乏，那就无论是多么幼稚与模糊，都有指望。不过在人物描写方面，我对你有一个最大的警告，便是人物千万不可类型化！这种已然显明的趋势你务必要赶快揠过了它！谢细满大娘的那炉火千万不要被汪有贵扑灭了。关于将来谋生方面，我的计划是求以著作代教书。我的幻想是十年八年以后能够聚拢一些人开一个出版合作店，使作者成为店的中心，使书的利息流进作者的手中：这样一方面我们自己能靠著作吃饭了，一方面并安定了一班穷文人的生活，使他们能更丰富更快乐的创作。丛书刊物的发行便是这计划的第一步。徐霞村就要从法国回上海了，有他永久的在沪经管一切，方便之至。他到沪后一定会有信给你们的。丛刊第一集的稿件希望你们直接寄给他。稿件都要正式的。我同无忌的都已经寄去了。你的夫人要在长沙进学校，内人很可帮忙。她自己因为阳历三月左右要分娩，两个孩子，让别人带又不放心，只好不进学校了。我已经写信去给她告诉这事了。尊夫人到长沙后，望令人到化龙池康庄万宅打听朱五太太的住址好了。念生林率处均此未另。

子沅　（十六年）十二月十七日

九

皑岚：

信收到。××因××兄去了无人帮忙，并且我在不曾认识××兄以前曾经同他们撇扭过，诗在这初中学生的读者界中销路也不好，××积书又多，已经是断绝关系了。《东镇》不收的理由是“书稿太多”。《三星集》不收是因印法“麻烦”。丛刊不收，为了不能贴钱。林率说他情愿到上海以后去交涉，这自然很好，不过我想××兄在行中比较熟人多些，不如一手再托他在别个正式书店中去进行一下罢。据我看来，指望很少。现在只有筹备将来自己开书店了：这并非梦想，我们在美国每月省二三十块美金是不算一回事的，在这笔款子中间按月提出美金五圆，过了五年，是满够作本开一书店了。这书店的最大两方针，不用说，自然是：大部分赢余拿进作者手中，小部分用来贴销路不好的书如纯学问书诗集等。你的小说集我已经教他们寄回给你了。希望长篇小说早日作完，我能看到。我的散文集子已经编好，分作四什：一什是纯文，有九篇（两万字），二什关于中国诗学，有五篇（一万五），三什关于新文学，有两篇（五千）（《呐喊》、《杨晦》），四什关于西方诗学，有三篇（五千）。诗集子叫《永言集》，百页，诗卅三首。要是我们找不到书店，我想从明年春天起就开始自己印书。《死水》想必看见了。我以为《你指着太阳起誓》、《也许》、《死水》、《洗衣歌》四篇最好。《翡冷翠的一夜》是同名诗集中的惟一好诗。最末了一首当中用“干柴烈火”、“采花”两个故典，你觉得肉麻不？自署的集名写了一个大别字“冷”。这便是梁启超的门生！汪静之兄的《寂寞之国》集中我以为《叔父说的故事》、《不能从命》、《那有》三首最好，《一只手》的末章简直是伟大了。

子沅　（十七年）五，十九

十

皑岚：

近来听说你在译著《十日谈》，这是一本妙书，虽然不及《金瓶梅》，总算赶得上《今古奇观》了。全译印行，我想一定会遭禁，你何不选择一些最好并最“通俗”的印行。这部书有些版本当中，偶见意文原文不曾译出之处，不知你用的本子通部都是英译吗？又来一年了，过起来当然快得很。明年到美怎么一种办法，我替你想，不如进加州或斯坦福，有最大学校的气象，无最大学校的板滞，其余欧海阿威士康辛等也合格。最要紧的我是劝你学比较文学，或叫“普通文学”，因为专研究一国的文学，不免眼光狭窄偏畸。普通学比较文学都是用英文，除非要较高学位时，不要懂得其他西文。芝校学这个本算最好，不过那个教习一次误疑心了我，我以后一直同他斗智，他要是遇到你们，我怕他一定要害你们，所以这条路是不通了。欧百林处很可以托××打听，能否一年毕业。如若成功，先学英国文学，以后再上一个大学堂念比较文学的学士功课，也好。无论如何，欧洲一定是去得成，在巴黎总可以住个半年一季。法文总要自己多多看书，好对付那半年。这是后话，不过我先提醒你，三年级法文一定要学就是，如清华不曾选，以后再讲。最要紧的是，英文一种决不够，我近来向法国德国要书目，知道要用译本研究世界文学，英文是最不中用的，至少还得另要一种文字。法文看书并很容易，来美期限又久，又不一定要为了考博士硕士去替旁人念书，我想一定能办得到。念文字只有一个笨法子，就是一天认两个生字，自己拿来唱来唱去，天天温习，这样过了几年，自己又常看书，到那时自然而然的就把这种文字学通了。字块子一定要，否则无用。我从现在起温习法文德文，就决定用这个方法。你同念生有两个人，是更方便。我明年一定去东部，译中诗的工作到那时无论如何总要进行。

子沅　（十七年）九，二十六

十一

皑岚：

信收到了。《催租》知道已经刊载××。我当时因为接到你的信看来好像很感经济的窘困，所以替你把那篇小说寄给了它。以后如不感到迫切的压逼，还是不要寄稿子去那里好。稿费不知已收到否？如果不曾，想必是由我转交（我用的幼衡一个旧号），望先问舍务杨先生，不成，再径函天津该社，问是寄往何处，如是寄去长沙，则我已函知内子转到清华，如是寄沪，望径函该转交处。关于罗校事已详寄念生信中，不另谈。你的《东镇》短篇小说集望快些由家中拿出，自己整理一下，寄给我替你校对一遍，付印。书形的不定期刊物除去你们三人的稿件外，如文学社友中有佳作，也很欢迎。丛书我看可名《友声》。《新文》一名我自己很喜欢它，不想任它消灭，所以我的各种著作还是要叫作新文丛书。

子沅　（十七年）十月九日

十二

皑岚：

在外国越过越无味，如今只等你们来，想必可以好些。我如今虽然每天忙到晚，不是念法文，就是念德文，不是作饭，就是睡觉，然而毫无生趣，简直是一个走肉行尸。道家所提倡的心如死灰身如槁木一段工夫，我可以说是完全作到。要是能够装起金身，真可以供上香案，永受善男信女的香烟了。照说文学书是人生的提炼，应当能够供给我的大嚼，但这正像近代西方医学提倡的以食品要素制成丸子吞服代替吃饭一样，把饭的洁白与柔软，面的结实与变化，各样荤素菜品的色香味声触都一齐废置了。我看这些书，当时未尝不耳目一新，看过之后，却又是杳然，不像道地人生，可以教你心跳，教你出汗，教你痛哭，教你狂笑，那一股回味可以袅绕到很久之后。我现在简直同从前在清华时候一样，完全隔绝了人生；想去欧洲，就是去得成功，把头两个月一点新鲜过完之后，还不是一样要无聊。又想回家，总得有事找定了才成。左思右想，归根是想到你们就快来了，宽怀许多。在北风里面，冬天的黯淡月光照着一些疏旷的枝条，中间有一个孤鸟哀啼，等到伴侣来时，风声冷气虽然似旧，哀啼声却变作欣喜的耳语了。因为有一点热情将鸟巢温得暖和起来，所以就是在空旷寒冽的原野中，也仍然可以过活。

子沅　（十八年）一月十四日

你们近来消息如何，我很想知道。我因为无聊不能多写信，我自己觉得很可原谅，你们都懒得破费一两课催眠教习的功课来写封信安慰一下我这失群的鸿雁，我觉得实在不可饶恕，虽然你们自己也是觉得很可原谅。好久不曾开过笑颜了，这还是几个月来的头一次，我盼望能常常这样开一下玩笑。说笑话不单叫人家开心，自己也高兴。这正与作文章一样，作文章的人所得之趣味有时比看的人还浓。我记得从前印《新文》月刊，看到几大捆的书打开时候，什么都是自己出的主意，那一股滋味真是说不出的那样钻心。如今回想起来，仍旧是余味一缕袅袅不尽。我喜欢看自己的旧诗文，那一种半相识半不相识的感觉真是无可比拟。

十三

皑岚：

看来信大受感动，我这人不是容易灰心的，你想必早已看出。不过到外国以后，（详情不便信中谈说，见面再讲。）四方八面的不舒服，又没有情感作后盾，所以颓丧了很久。如今好像要转机了，你们又快来，我更是十分愉快的盼望着。念生我劝他改行，那是我理智所主张。其实我情感上还是想他学文学，至少我盼望他也来讲这个学堂。出洋事我想不至于有什么变化，功课必得要学的也只得学罢。经济学也要看教科书同教习，如若能把近代的经济问题与经济学说来教授，那倒是有益有趣。在近代小说中社会学与心理学占有重要位置，许多自然只是一些学说的面具，不能真实观察人生，但我们研究过了心理分析学与社会学以后，总可以看穿西洋镜，不至为它所述眩。这类书自己十分觉得要看时去看，是很容易记得，很有趣的，要一定被动的去课堂上听讲，倒大半时候会厌恶起来。要是再加上教习不能放大眼光，只是教死书，不能说明此学科与文化的关系与现代人的关系，那就念了等于不念，白费功夫。我到了现在，很想温习近代史。我一直切身感到美国式的大学教育不好，惟有我国的书院制最妙。回国以后，我觉得这种国粹极当表扬。

《认识》收到。小说较《东镇》又进一竿头，在你这一方面我完全放下心了，根基打定了，以后便是正式事业的开始。你的肩膀上已经落下中国新小说的重担，皑岚你是应当多么欢喜，又多么恐虑呀。我的译诗集已经告诉霓君照寄。岐山初办，想必经费并不充足，我看还是抽版税罢。可以先印《索赫拉与鲁斯通》，《三星集》请暂保留。印最好能照我自定的标点，万一不能，便请一律用红圈子。我的散文集子等你们来了一同整理。将来能余二十块钱之时，我想从开明取回《若木华集》，共同新译各诗，编一个《番石榴集》。

子沅　（十八年）三月十八日

十四

皑岚：

在不曾见面之前，我应该先把我这一年来的×生活向你同念生详说一番，因为我们要作就作好朋友，并不是作点头交。作点头交的人我不必告诉他我过去生活怎样，好朋友就不然。头一件要说的就是……第二件说我的一段轶事。我初进芝校，头一次两周交作文，英文小说班给了我一个D，（以后七样功课一C两B四A。）我大气特气，除了退课以外，并投稿两首译诗到本校学生办的《凤凰》杂志。这两首诗登出之后，被一个女同学看上了。她暑假和我同上过一样功课，（我在暑假剪去头发，留个平头。）她又是那杂志的销行部副经理，她为我作了一首十分热烈的诗。这时不凑巧，我一次去××，那××把详情泄告与学校中一个法文教习，我刚巧就有这教习的课，他暗中十分讥讽，我便借故退课，并要求退学。我同《凤凰》主笔久已发生意见，因为他登出我的译诗以后，写信要我去他办公处谈谈。我不明校情，不曾找到他的办公处。后来找到，又因不是他的办公时间，门总是关着。我厌烦起来，就不再去了。后来无意中翻着有我译诗的那期杂志，才知道了他的办公时间，那时候已经迟了，因此他便对我怀疑。那个女同学的诗便登在杂志上面，那主笔便借此大泄私愤。后来我写了一些诗寄给她，她又在杂志上有诗回答。这些来往各诗都存着有，你们来美国时候总可以看到。第三件说我因好奇而受惩罚。我在芝城最后住的一家女房东是一位休业多年的××，另有几个清华的人也住那里。我头一两天有一次问她可是从欧洲来的，（只因她口音奇怪。）她当时大动其气。我恍然大悟，她少年时一定是当过××的，因为美国××大半是欧洲来的移民，我无心中戳到她的创伤，所以恨我。这种少年××中有储蓄后休业的女子美国很多，（甚至大学女学生都有以此为业的，此次Missouri大学社会学系调查表中就曾经刊入此项。）休业后嫁人之事也有。这个女房东我后来调查到有野男子，半夜来，清早走，两个儿子两个女儿一定就是这样生的。我恍然大悟之后，好奇心猛发，使用各法刺探，那知我手段太差，要不过，居然大上其当，居然闹到她能教人相信是我要想她的心思。这种老辣的手段更非此中经验极富的人不能有。同住各人居然相信。（以后我常在书中碰到一句格言"Man is prone to believe evil of other."）其实呢，那房东又老又丑，……何至那样。不过他们又不是学文学的，说了他们也不会了解，索性闭了口不提。好在我是不爱名誉的人，毫不在乎。有一天黄昏，我回去时候，刚要进门，看见一个半老的黑人送一个白种女孩子到隔壁一家，他带笑叫她打电话，她见我避过头去，其实我已看见。这个女孩子同我们房东的女儿是朋友，常时有意无意的在我在厅里吃饭时候便来我们这楼，一脸擦着白粉，对了我卖俏。自从这次以后，她便不曾来过，这更证明了我的猜想。

我这来到俄亥阿，地方不大。……秋天很想去纽约。纽约虽是大城，地方却极其干净。……我在清华所学各科平均起来只有中等。在芝加哥居然一跃而到AB之间，并且有时很出风头。你们来一定也成绩很好，我敢断言。

子沅　（一九二九年四月十四日）

十五

皑岚：

接到了四月五号信。我作诗不说现在，就是从前也不是想造一座象牙塔，即如《哭孙中山》、《猫诰》、《还乡》、《王娇》，都是例子。不过年轻时候，牵泥带水的免不了要写些绮辞，我因为这是内心发展中一个必由的程级，也不可少，所以就由了它去。我一贯的目的大体上仍旧同《北海纪游》里所说的一样，我是要用叙事诗（现在改成史事诗一名字）的体裁来称述华族民性的各相，我在《草莽集》中不过是开辟了草莽，种五谷的这件正事还在后面呢。不说别样，当时《王娇》未写之前，本是想写《杜十娘》的，不过觉得这题材太好，年纪又太轻，决定了留着等中年再写，几年来常常想写，总不动笔，《韩信》也是这样。此次来美国，别的无可说，《文天祥》一诗的血肉却被我忍痛割掉了。你秋天去斯坦佛的动机我极为敬服，你这种肯扛重担子的决心要是中国人个个都有，中国现在决不会这样疲弱。秋天我若是不能回国，一定到西部去，朋友相聚，一团高兴，我那译诗的工作便可进行了。这两年来像一个游魂漂来漂去，活气都没有，还说什么作事。《疯婆子》还没有收到，我希望她不要半路脱逃了才好。《苦果》已经付印，这是好消息，这是你的第一篇长篇小说，我很想看。文学社的刊物要稿子，我从前寄过几首诗给元度，本预备让你们分用的，信是寄到复旦，后来知道他已经离开复旦了，这封信不知他收到没有，你们很可以教元度向复旦追到备用。现在另寄译诗一首，这是最近译的，不曾留底稿，请用过之后，把它仍旧留着，我到秋天再向你要，标点可以一律用圈子，我想着无论如何，夏天决定回国。

（未署名）（十八年五月二十九日）

十六

皑岚：

收到了五月十五日的信。你接到我这封信时候，想必是在家里，你好像矿工进了矿，开采第二批原料，写，拼了命写。你这正是火起的时候，千万不要让它冷了下去，皑岚，为了祖国过去的光荣，拼了命写。《客串》我看过之后，觉得你道德很好，不料在园子里引起了风波，妓女难道就不是人，号为开通的学生连这一点都不知道吗？说到金钱卖肉，就是最顽固的旧家庭，最新的外国人，不都是一样，变相诚然变了相，然而依旧是金钱卖肉。其实进一层说，卖肉同卖力卖智又有什么分别。一件东西本身是无善恶可言的，只有影响上才可分个善恶。卖肉自然也有它的恶，性病，换句话说，性病对于社会的影响。但是卖力卖智与黑暗之力的人不也是恶吗？至于有人讥评狎妓不正经，只是作戏，我又要问，我们凭了良心自己问一问，明媒正娶的妻子，我们同她也还不是都好游戏吗？游戏是人类的本能，我们以前的一点情诗，“词”，不都是写与妓女的吗？古人不能从妻子得到游戏本能之满足，便去找妓女。外国人的恋爱结婚是什么，不过异性中两个最对劲的狎友，经过了众人的正式认可，同居共活，换句话说，就是久经慎择之良偶一双，在法律与宗教下结了婚。《结婚之爱》这本书不能不说是极正经。它何以教人在××时取何种姿势呢。一件事自然可以作过火，张竞生的《新文化》我终究以为是反常了。“常”也难下定义，我上面的一番议论，在社会上要是被人听到，才真是反常到万分呢。《新文化》这杂志是对以前禁欲的整个反动，慢慢的那戥子针自然会又坠进“中庸”的直线之上。近来一般读者争着买的书大半是书名中有“爱”、“吻”等字眼，这说起来诚然是笑话，然而这也是一种反动。反动不是进化，然而是进化必经的头一脚路，放开来讲，这简直是人性之一相。孤凉固然可以思淫欲，饱暖也可以。美国任是什么广告，里面都有性的暗示，这大概是广告心理学的学者研究出来的。回到娼妓问题上，我并不是说娼妓制度比结婚制度好，我是说狎娼并不像平常想的那样坏，结婚也不像平常想的那样好。在性之满足与调剂这一个问题不曾解决之前，娼妓制度是很难取消的。中国人为了结婚前后都不曾得性的正当发展与调剂，去妓院，外国人为了受经济压迫，去寻“暗马”。性这问题，像别的各种问题一样，极其复杂。加以大家闭口不谈，偏见又最深，要解决实在难到万分。难解决就不去解决了吗？我们要是情愿作众人，那就没有话讲，要是不肯，早迟总得自己搜寻出一个答案来。“不相容”是进化的最大仇敌，不单我们从前念的一点西洋史告诉我们如此，只看近来国内的政局，我们也可恍然。西方的政治实在是比我们现在的好得多，他们腐败，受贿，诚然不见得差似我们，唇枪舌剑也不让过我们，但是他们有一种长处，现在的中国当局却还没有，这就是俗话说的，君子动口，小人动手。尧舜的禅让全国的人都知敬重，到作起事来，却看不见一个人追踪他们的后尘。《招姐》并不曾接到，一定是遗失了，以后来信务望由监督处转交。自己开书店我想出一个办法来，每人每月交存华币五元，能多者听便，这样有十个人，每年便可存款六百元，存上三五年，书店就开成了。《新风雨》能够持久吗，六十元津贴作为两期津贴给《红黑》完了之后，怎么是好。据我看，这杂志只是靠了会社名义撑起场来，不是靠了清一色的友谊作中坚，大概不能持久。《创造》杂志初办时候，人是不多，不过他们都是同声同气，所以苦是苦了一场，终究不曾倒下去。《小说月报》有资本家作后盾，文人为谋生之故不得不去就它，所以也不曾倒下去。据念生说，我的《若木华集》沈从文讲有人想印，我因为又有许多新译，上次告诉他不要忙着付印，不过他们一片好意我也不可推却。请你转为告知，这本译诗集子早迟编好以后，无论我回国不回国，一定托他们印行就是。这集子包括《若木华》与新译各短篇，总名《番石榴集》。新译各篇有科隆比亚一苦巴一和兰二德国二斯堪底纳维亚一法国二西国一俄国一英国，此外大概还要有些。这里面的数目并非以优逊为标准，不过那方面多看过些书，就多译点。我们既然打算开书店，那下比闭了门作大梦，必得“行情”熟悉才好。在现在这种世界，仅仅作好人是不够了，也要熟知奸恶鄙俗，设法应付，这好人才能作得成功。你到上海以后，务必随时随地探听书业的内情，不单你自己作小说多得材料，对于将来开书店也一定很有帮助。比仿说，景深兄告诉我，许多书店书寄去了分销处，钱都很多拿不回来。这只有两个方法预防，一，只教交情好的书店作分销处，二，只同有书印行的书店交换分销。最好是小规模的多开几个分店，由妥人管理。还有一层，我从前教了几年书，感到教科书贫乏，没有好书，只能靠教员。我们知道，好教员是不多的，有了好教科书，教员就是差点，也总不出轨道，学生天分高的，并且能就书领悟。所以我们的书店办得有个根基之后，教科书的事业我们便不得不引以为己任。杂志是最好的广告，一开书店就得办一份，我们应当查明各种杂志的销路印费发行等等手续。总之我们想举成一种事业，不得不用全副精神去对付，走半截路的人一定是要失败的。我们的计划要大，我们的脚步要小，我们虽不必去自己当经理人，大致方针以及书业行情我们却不能不熟悉。

湘　（十八年）六月十日

记得一次看你的杂文，说乡下作戏是在露天，由此可以悟出画脸谱的道理，是在令观者在强烈的天光下可以一目看出剧中人的特质，头绪了然。希腊古剧用假面具，正是一个道理。锣鼓也本是宜于露天的，移进房屋之内，自然就不称了。

十七

皑岚：

好久没有通讯了，近日如何？安大学生把我拉了回来，还要我办外国语文学系，不让我去武汉，虽然×××同××来向我重申前议。文炳兄由校中邀了来，多一个同学谈谈，比去年好多了，生活也不像去年那样不安定。图书馆里可以说是没有一本英文文学书，因此，今年必得教他们赶紧筹补救的方法。从前我去旧金山与 Berkeley 买了一些便宜书，现在我想托你随时留心西方文学书籍的名目与价格，请便中告诉我，好教图书馆买去。你们办的杂志怎样？近来有何著作，发表的与未发表的？这一年来我只作了几十首诗，译了几首诗，说起来真惭愧。现在抄一首创作，一首翻译给你看看（已经发表过了）。（诗从略）

湘　（十九年九月二十六日）

十八

皑岚：

小说已分头写信打听去了，消息如何，续告。半年来的诗实际上确是那样，再抄一首给你看看。（《女鬼》诗从略）

也有些别的诗（不想发表），等《望北斗集》印成时一总看吧。我现在以学徒自视，《草莽集》是正式的第一步，近作是第二步，将来到了三十五或是四十，总可以有作主人的希望了。《草莽集》内的诗在《望北斗集》内也有不少，在题材的运用方面比从前新鲜多了。《诗刊》第一期内有我一首《镜子》，误题为《美丽》。

弟湘 （二十年）废历除夕

××兄我喜欢他直爽，佩服他的一方面的特长，可惜现在还不见来。你不久即可得到读书的自由，好，并望充分享取异境的生趣。音乐，美术，娱乐，在国内是罕有机会欣赏的，跳舞务必要学，不可道学气，我很反悔失去了机会。唱片款我可以寄去你家里好不？要不要我告诉景深兄，由他把五十数转寄你家里？信收到。唱片款应寄何处，望告知。关于我的诗，以后有暇，仔细再谈。

弟湘 （二十一年）三月七日

寄罗念生

一

懋德：

你的信昨天才转来北京，想累你久等了，不安的很。你同子潜去檀柘寺，想早回京。前信说去烟台的，想已动身了。我暑假后说不定还是去上海，竟无一面的机会，惆怅奚似？

你问我为何要离清华，我可以简单回答一句：清华的生活是非人的，人生是奋斗，而清华只有钻分数；人生是变换，而清华只有单调；人生是热刺刺的，而清华是隔靴搔痒。我投身社会之后，怪现象虽然目击耳闻了许多，但这些正是真的人生。至于清华中最高尚的生活，都逃不出一个假，矫揉。

我的作品中你的口味，这是我听了很高兴的。可惜，我们不能相会。不然，我近来又作了一册子诗，较《夏天》有点进步，可以和你同观的。你对我的诗文有什么批评，请老实不客气的说，我极欢迎。

子潜荐给你的三本书，两本很好，《葛推传》我则以为可以缓读，等到游学后再读不迟。我再举荐几本书给你：（1）Golden Treasury with Notes by Wheeler（约二圆）；（2）English Parnassus（Anthology of Longer Poems）（约三圆）；（3）English Short Stories，First Series（约一圆）；（4）Peacock:English Essays（约一圆）；&（5）Andersen's Fairy Tales Complete（约三圆）。你可托商务代向Oxford Univetsity Press买这些书。我译登《小说月报》的英国短篇小说即是从（3）译出的。

我如今手头有三部英国短篇小说选本，将来再多搜罗些时，便印《英国短篇小说集》。（下略）

朱湘　（一九二五）六月二十九日

二

懋德文友：

我已经决定了在北京，以后会面的机会一定多了。清华我不便去，不过明年春假校中答应了送我游美时，再去不迟。你的作品我自然极想看了，望你寄来，我一定会恳切批评的。××不告我而行，未免太轻率了。他就是一定想去，也可以告诉我，我自然要函告舍亲极力招待。处世我固然不希望他学，处朋友要不学会，以后一生是要很苦的。我以前听到舍亲说，洞庭没什么好玩，所以我据实告诉了他，劝他改玩庐山永嘉。执拗是他的一种大毛病，望你好好的劝一劝他。其实我这两天并有很好的消息告诉他，就是，我问一个湖南的熟人，他说，洞庭的本身是没有什么，只要月夜风朝，去泛一泛舟，就完了。不过从岳州趁小轮经过沅江县，可以看清湘浊沅的奔合口，并且直穿洞庭，约需四天可到桃源看桃源洞，（桃源的检察厅长况寿昌字季眉是我的姊夫，）桃源以后就危险了。再折回，由长沙趁小轮直达衡山之麓，约需三天，衡山县可以耽搁五天。你可以把这段消息告诉他了，并望转达我劝他的话。

湘　（一九二五）八月二十九

三

念生：

信悉，衣已收到。皑岚说是今天去京。杨君信已另发。尉梅兄诗册并未接到。《镜花缘》霓君带去了。稿件事不必愁。《草莽集》样本封面皆得，共百九十页。书局定实价九角，预提版税四分之三，得七十圆，大有帮助。《新诗选》中孙君子潜诗想录《海上》的那首，望作为你的口气，叫他再抄一份给你。如发生阻梗，即请代觅《晨附》（诗刊那时候的一期《晨附》）中言爱的十四行诗抄出寄给我，费心。今天作好一篇《招魂辞》，很满意，可惜长点，不能抄给你看。

子沅　（一九二七）八月十七日

《招魂辞》是吊国殇而作，五年后再见了！

四

念生：

信悉。寄近译的《摇篮歌》，并不是因为我在各诗中最喜欢它，不过它是易译成英文的而已。我的书籍你尽管使用，将来我说不定还要托你带一些到美国来呢。你想来罗伦士，很可以进（？）行。我想你同皑岚可以在此学期考完之时，把成绩寄给我，替你们交涉一下插三年级——因为他们重视此物。我劝你们多读点英文，这并不是为的别人，这实在是为的自己。别的功课将就些，是很可以的。此校教员至少比清华好，自然环境方面都好似清华。生活程度极低，连买书每月仅需五十圆。我读五种功课，拉丁，三年级法文，英古文，浪漫运动，谈尼生，很忙。除上课十七点钟外，每天到晚的读书，平均每日读书八时。晚间我拿一点钟到两点钟的时间译诗。这半个月已将 Ancient Mariner 译好。如今在译 Michael。将来再译 Marmion，Prisoner of Chillon，Alastor，and Ev of St.Agnes，便可出一本《浪漫乐府》了。明年夏天就去希加谷大学，因为好的教授不少，如 Manly，Lovett，Cross 等人皆是。前夜花两块美金听了 Marion Talley，大慰寂寞。到希加谷去一定是机会更多。

子沅　（一九二七）十月九日

五

念生：

《文艺汇刊》的会友录是按照大家的议案办的，自然是有一个要录一个。至于××的名字，我明明白白的记得曾经录入。如若是印刷所印掉了，或是你替他删去了，这都应当替我声明一句才对。并且我现在同他已经和好，我更不愿让这种谣言吹进他的耳朵。

子沅　（一九二七）十一月十九日

六

念生：

信收到。第三期《文艺》想必就要看见了。回国事还不一定，不过万一回去不了时，我决定改进希加戈作一旁听生，不要文凭，只选一种功课，专门翻译中诗，译成一本，找到发行部的书店后，即行回家。再等几天就能接到监督处的回信了，那时便可决定。如若留美，有几部中文书，那时要托你寄来。第二期《文艺》的《芙蓉城》文字作得很清丽，再寄给你稿子一篇。乡土文学望你多多努力，我想有了十五篇，不论长短，便可以印一本书的。这是你的第一步，自然不用我叮咛，你自己是很能努力的。我的《三星集》仲明在替我画着封面了，想必阳历年底可以寄去中国。如今在译着 Arnold's Sohrab and Rustum，预备同Tennyson's Enoch Arden 译好后同印一本。关于选校事，此间我已决裂，无人替你去说话。我想不如在威斯康新或斯丹佛两校中选一个。不过下学期可由无忌去替你商量一下，看看结果如何。此校别处是承认的，最要紧的还是在个人。

子沅　（一九二七）十二月十一日

七

念生：

《文艺汇刊》五十本收到。（《东镇》已寄去谢兄处。）社友录不知是那位弄出来的笑话？（一）把胖子分成了两个，（尉梅兄也被删去）（二）我的按笔画多少的次序没有用，（三）旧社友中他只删存了几个出了名的，其余的我写的一些无名的（××自然在内），一齐被那位勾销了。不过这你并不必替我声明了，免得伤面子。徐元度（霞村）已经由法国回来了，住天津法租界二十四号路天合里二号。丛书丛刊有他在国内主持，方便多了，我已经告诉他向你们催稿子了。林率的稿件我就寄去，我同老柳的文章久已寄申。文学社里望说一声，社友的大作丛刊极欢迎，请他们寄到老徐那里好了。《文艺汇刊》第二集请你寄一本给元度。我临走之前译好了 Sohrab and Rustum，打算印单行本。希考戈很舒服，生活毫不压迫。依我的意思，劝你们都来。在这里多住是颇值得的，极其自由。我只选了八点钟的功课，是英国前期戏剧，同英国十九世纪小说。我因为大规模的读书，所以一天到晚都没闲着。接到×××回我的信，极其诚恳，不愧为一文人。我们丛刊中多了一支生力军了。

子沅　（一九二八）一月十五日

八

念生：

两封信都收到了，你那一片心我是很感激的。赎当要费你的心，赎费决定不能由你出，这是讲不过去的。我已告诉了霓君，无论如何，这笔钱不能由你出。年份填错，这是当铺狡狯，只好多认几个利钱。买东西的钱，我也要霓君还给你。倒是学校中厨房各债，请你先替我还了，可以酌量打个折扣（裁缝的不必打），这笔钱等你到美国后我亲自还给你。杨先生处请你替问一声我欠学校的三笔欠款，（一）学费，（二）消夏团费，（三）消夏团借款五十圆，是否都在我这次还监督处的华币九十余圆中？据我的推想，第三笔恐怕还不曾归还，应当如何（或我寄给他，或怎样）办法？望他由你转告。我来了芝加哥，极其满意。教授虽很出色，我只选了一样功课（退了一样），我自己念书念得极高兴，我预定研究世界各国的诗歌，现在读荷兰的。单是这样小这样向不为我们所知的国家，我已经找到五种关于它诗歌方面的书。昨天下午看，这是我第一次正式的看，法文书。关于这方面的，整下午同晚上都用在这上面了。我如今有把握的至少有四十国。像这样过下去，过五年我还嫌少呢。我算是大学三年生，要学满十八样功课卒业，你来是二十七样。如若不作别事，每季学三样（照例），是很松动的，夏季也可以学两样。我每季顶多念两样，打算让它一九三〇夏天毕业，这我一点不觉不舒服。此地不比清华，功课多学两样并值得。生活方面也很节省，我如今自己作饭，方便之至。汽油火炉一点不脏，菜是现成的，自己买回来一作就好。如若自己不作饭，六十块一月也够了（买教科书在内）。从前听说这种地方钱不够用，那是一种宣传。至于不清静一层，我也不觉得，大学区离闹市是很远的。《语丝》还不曾收到，两包书想就可转来。你的几篇文我都看得上劲，我想有十来篇时，就可以出一本书，并且是有特色的一本书了。从刊的稿子，望快寄给元度。并请告诉他《打弹子》，《明妃三曲》，《咬菜根》，《梦苇的死》，《书》，《空中楼阁》，《北海纪游》，以及《剃湧》各文，由他雇人抄出，（二十五字一行，每页十行，不要标点，我自己标点，段落照旧。）连原稿寄给我。（以及《木兰从军》，但不须誊抄。）丛书已向××接洽卖现款办法，丛刊稿件，你同皑岚以外，如有别的人，也可以酌量介绍到元度处。《洋》《文学周报》印错了几个字。（下略）

子沅　（一九二八）二月十六日

林率的文章也已寄去元度了，我同老柳的文章早寄去。李健吾处我也要了稿。

九

念生：

徐霞村，听赵景深说，去了庐山。我的信是寄去天津，并且我们搬了两次家，因此还不曾接到他的信，不知他的住址，刊物自然是要等他来信后进行。至于你的书，可以直接托赵兄向××接洽。皑岚的小说集，等仲明画好封面以后，我也是直接寄去上海，省得费时太多。（还是等皑岚同你两个的书寄去后再商议为妙，因为他们可以看书定价，这样空洞的交涉，他们也难出价。不过他们是可以现款买书的，从前我临走时，他们自己就曾提起过卖现钱的办法。你的书可以卖点力气作好，直接寄给赵兄，托他交涉。（《友声丛书》第三种）皑岚的书，唐君右会直接寄去，我信里会代他向××交涉的。如他愿抽版税，可告赵兄。）我这就写信给他，向××交涉拿现钱的办法，结果如何，由他直接告诉你同皑岚。他因××编辑事务太忙，已经辞职，但仍是照旧帮忙。他说他要译柴霍甫的全集。我的《三星集》已经寄去上海《索赫拉与鲁斯通》在画着封面。本校《凤凰》杂志二月号中，登了我的两篇译诗：辛弃疾的《摸鱼儿》同欧阳修的《南歌子》。因为不方便，我就不寄了。昨天赵国材照例隔年的来了中部，请我们在二十二街吃了一顿中国饭。座上同贺麟谈起，他说他喜欢你的那篇《芙蓉城》，并且寄回了家去给兄弟念。关于你选业一事，我的意思很不劝你学图书馆学：因为将来作了一个图书馆长，你的时间便须一齐耗费在馆内，虽然事情不多，可以作文，但是闭在洞里，那来的题材呢？学文学，高兴教书就多教两点，不高兴就少教两点，不像图书馆那般要枯守着。教完书以后，我们便一同到人世之内去探险，这才是无羁无绊，自由自在的文人生活呢。如若我的一个梦想能够实现，我们能同开一个出版合作社，找到妥当的人经理，那时不仅可以打定“靠作文谋生”这办法的第一层基础，可以渐渐的脱离教书的生涯，并且与商界发生接触，我们创作的领土又可扩大一片。文人所最要注意的不外三件事，题材体裁艺术。三者之中，题材自然是主体。鲁迅没有别的贡献，他不过是头一个获到了一些纯粹国产的题材罢了。像你的《打猎》、《钓鱼》各文，皑岚对于旧戏要打脸谱的解释，同他的小说，（林率的特长是讽刺）在艺术上虽然还赶不上鲁迅，但在采取题材方面已经很有点成绩了。我很希望你们都到这面来，我们可以一同探这西方都市生活的险。芝加哥虽不及巴黎伦敦那么古远，但它的秘密已不是我们所能尽行探得到的了。大学区生活清静，尽有休息同构想的余地。我得到你们来，可以创作出一种文学的空气，一定能多作些文章。你同××对于学校的课程感情本不大好，孤单的到学校中去读书，大半会在胸中生起一种对自家的怀疑。（其实我们知道课程与创作完全是两件事，功课差并不见得创作跟着也差。说虽如此，事到临头，总免不了发生这种念头。怀疑一生，文章便决定作不出来。怀疑自己与生活空虚是创作的两个死敌。）我想我们在一起之时，活的高兴了，作的也高兴了，这种怀疑就是发生了，也很容易铲除的。林率的功课很好，到这面来也决不会失望。教授既平均都好，可能早毕业。他赶快，我想只需一年半：因他来一定是插进三年级，每学季选课三种，共约十三时到十四时，夏季亦可选习两三种功课，如此到一九三〇年三月底便可习满十八种功课，得“哲学学士”了。他的硕士如加油，可在那年冬天十二月底过年时候得到。还剩两年半，考博士是很宽裕的了。（我在罗校无成绩，照清华成绩插入三年级。）一季或半年后，便可一律每季十二时三种功课，因程度较高之课均为四时一礼拜。你同××学松动一点，每季两样，一年八样，三年也差不多可得学位了。（应二十七样。）他想多习语言的办法极好。西方的文学，不曾有过人好好的介绍，偶尔有点，也是十九由英文转译的。这同德文有八种《道德经》译本，英文有四五种译本相较，是多么可羞的事情。来西方学文学的人已经少了，少数人之中又有的中文欠佳，有的懒惰成性。并且这班人都偏于英文，攻习他国文学的少极。这一面我们应当努力。我很希望你们到这里来，作生活上的品尝，作创作上的砥砺，作学问的讨论。老柳也会来这里，增加热闹。李唐晏在耶鲁听说要研究意大利文学，这是一个很好的消息。我本来想学意文的，如今既知道了有人在这方面致力，我便决定不学了。希腊文我还是想学，因为哈佛那面虽然有人学古典，但据他说来，要拿元曲译希剧，这一定是会失败的。我最主要的工作还是创作同整理，我对于介绍方面只是求其在时间范围内能作得了许多事便作许多事。现今介绍的事业不过像别种事业一样，才在开始。将中国文学介绍到西方来，林率很可以作一点事情。李德明从前谈过一次，好像也肯努力于这种工作，以后，我想写信同他详细讨论一下。皑岚近来想必总作了些小说，可以加进《东镇》之内。谢文炳的意思劝他暂时不要印书，谢的作品我没有看见过，不敢讲什么，但皑岚作的小说，在当今的文坛上总是在水平线以上，印出书后，创作的兴趣更能鼓舞起来。关于《东镇》我的意思，都在以前一封信里说完了，不须再说。简单一句话就是：他很能采取到色彩丰富的材料，但要小心不可让人物类型化。《周二先生》一篇，我看可以删去。性的描写，莫巴桑极好（西方的文人大都如此）。他写时多么踏实，多么严肃。《金瓶梅》在严肃方面，虽然极其欠缺，踏实方面，却能尽量发挥。书中人物自然都是有色情狂病的，写来自是过火一点，但我们（那就是说皑岚同我）想想，这部书中描写××前后时生理上的变态是多么逼真：如说男子的××××××××××××，××××，××××，××××××××××××，××××××××，女子的眼皮半开半闭。

这些的确是实情。林率同念生到将来就可以知道。现在我可以告诉他们一句：电影中看接吻，有时被吻的女子眼皮松下来了，那种现象便是同一道理。小说中说爱情，说一对情人喁语到最亲热的时候，男子可以从女子的身上嗅到一股说不出的香味，这便是她发中身上的香水味息与她的××××味息混合成功的。《金瓶梅》这本书，几乎成了淫书，是因为它的态度常时不严肃，终于不是淫书，便是靠了书中许多踏实的描写。

子沅　（一九二八）三月十九日

十

念生：

接二月二十五你同皑岚的信，均悉。我很喜欢你的几篇文章。近来这几天读文选读得上劲之至，今天刚好读到潘安仁的《射雉赋》，里面的一切很想拿你《打猎》一文中讲打野鸡的地方来参看，可惜手头只存《钓鱼》一文，无从参阅。还有一篇文注子内说杨玭容易上钩，肉却粗，鲂鱼肉细，极难吞饵，同《钓鱼》中说鲫鱼同黄鳝鳅鱼之处参看，很有意思。Walton's Complete Angler，在英文学书内是常听提到的，里面也说到同类的例子。你的这些文在笔路上，因初作之故，自然不曾逃出稚弱病。但是材料却极有价值，在近来文坛上尚不见有同性质的。将来年纪大了，观察深了，我很希望你能凭了忆得的，以及新获的材料，把乡村生活及乡人个性研究一番，作出不朽的小说来。你同皑岚在一方面得到极好的材料泉源，希望不要轻易放过。××在这方面作起了一个头，骄气与溺爱使他不能作下去——我想也是他老了，所有的几句话都说光了，不然，怎不见他作出一本写乡村生活的长篇小说呢？我写给皑岚讲《东镇》长弱处的信，想必他已看到，我关于它的意思皆尽于信中。他自己情愿校改一遍，那是再好不过的事情，《周二先生》一篇，我希望他删去。《晨副》中我的各文，望不必理会了，将来《中书集》出版时，这种文章一篇也不会采入的。中国文学专号我已托了赵兄。号中我作了些《读诗杂记》，如《王维》、《绝句》等等，当时郑西谛说名字不动听，把它们分成了许多独立的文章，至今想来，还觉得不舒服。赵兄离去××，是因了事务太忙，与他译柴霍甫全集的工作有碍。据说他常去书店，大半不曾决裂。你的文集，可以直接寄给他，代为交涉卖现款的办法。我希望六月初寄美金二十给你，要月底才能到，寄京或沪，请告诉我。因为子惠损款，我当初极力主张作为征诗奖金，没有成功。我碍于面子，捐了廿，才交五块，五月又不得不寄钱回家，因总共只去年寄过五十美金。希望你的书卖得掉，如是明年来美，那就好办之至。今天看校刊说提前游美没有照准，又要迟一年才能同你们见面，在情感方面自然觉得很不舒服，不过这一年之内，我很希望你同××在英文方面多下一番工夫，不仅因为将来大半要靠教它吃饭，并且来美之后有说不尽的占便宜处。不要多学语言文字，一种就够。（明德如性近，愿多学，来此学，比较经济得多。）中文也不要念，将来时候自然多得很。我希望你们把这一年专门来读英文。你们两个如今正在要涉猎的时期，自然是从看小说下手，要练习看快。如若觉得英人小说掉文处太多，全年看翻译也好，（长篇）可以把上半年看好的英译小说，下半年可以多看英国现代的作品。看多了，熟了之后，再看掉文的书或诗，自然就会一目了然，作文时也自会动中规矩。初时，难免有时会失去勇气，慢慢的自然就大胆了。我们要记着这是我们将来谋生的饭碗，探发西方文学的一柄很重要的钥匙，勇气自然就会增加起来。并且看小说，每本看过半部之后，兴趣下自主的便激引了起来，那时候文字上的困难便无形中渐渐的减退，英文也无形中进步了。我们只要记着自己的中文，如今已自作得高人一等了，（如你的散文，皑岚的小说，）难道再治一种文字都治不好吗？如此，勇气自然会鼓起来的。明德的英文听说有了根砥，我很希望他将来能在这方面作点事业。沈胡开书店的计划，元度来信中也曾提到，不知进行到什么地步了。如若开出来了，我们都有扶持它发达的义务，因为这是纯粹文人办的书店。我们在丛书丛刊出了几种之后，应当就办杂志，那时候你们都在美国了，就是经费拮据，我们自己也想得出主意来。我的《三星集》是二月初寄去上海的，就快得到回信了。《索赫拉与鲁斯通》在君右处画着封面。《文学周报》二九八期有元度译的《小村子》，译得音调悠扬，想必你们久已看见了。林率有意来芝加哥吗？极其欢迎。听说××兄学文学，如今在打听芝加哥的情形。我当时告诉曾远荣兄说此间英文学系注重考据，那是博士的事情，其余还是像别处一样。我是比较文学，暑假中决定习希腊文。

子沅　（一九二八）四月三日

十一

念生：

听到你得了知心之友邓小姐，真是说不出的快活：从此你的热情有了归宿；并且我敢预言，中国的文坛一定又要多一员健将了。请你告诉我邓小姐是哪省的人，我好具体的想象你同她这一对儿见面时是应当怎样的一个情景。霓君处我便要通知与这个喜信，并且教她等着和我吃你的喜酒。我这方面所可说的不过是一些不快意之消息。××处是正式断绝往来了，因为他们觉得“条件太麻烦”。我们的书只好收存着，等两年后我回国开书店时候再印罢。《三星集》，《索赫拉与鲁斯通》，我已托景深兄寄给霞村，再寄给你。你们看完后，请你寄给霓君。我的那首诗请不必管它了，将来我还会另抄别诗寄给景深兄的。曾远荣处我替你还了华币五圆，不知数目对不？我因译诗集不曾卖出钱来，这个月多寄了些钱回家，我下月最多只能寄华币二十圆给你，请每个债户来追时“点缀”一下，不过这笔钱要六月底你才能收到，我想你万一早动身了，只好请你托一住校的人代为分发一下。杨先生处请代致谢帮我忙之处，那笔钱我在明年四月前一定归还。皑岚，林率著作甚勤，这是好极，希望他们不要因此挫折而灰心。《新月》月刊方便就请寄一本给我看看，（必需时可寄还，）但特别去买则请不必。××处毫不曾听到他“闷”的消息，想不是民族便是恋爱，如是民族关系，我应当会知道。所以推想起来，总是后者。肚子忽然痛起来，皑岚处只好下星期再写信谈了。

子沅　（一九二八）五月七日

十二

念生：

你同邓小姐如今所处的地位最好。固然结婚后另有一种滋味，但结婚前的那段希冀与温存也是一样甜美。我们要知道，结婚的生活有几十年，很够过的，情人的生活却只有几年，千万不要性子急，且慢慢的过它罢。情人的生活越久，将来回忆的资料也越多。你遭了扒手，就中好像有天意一样，这一暑假的并肩生活，或是在荷叶香中泛舟，或是在绿树荫中耳语，想必得亦偿失罢。元度办刊物事不知能成功否？能成功时我们大家自然都帮忙，他信里就是这样说的。我的一部散文集子（评文不录），两部译诗，都预备回国后自己印。我如今自己作饭，极力省检，想着将来不再受闲气。你同皑岚到美事，我盼祷它不要中变，那便书店定开的成功了。——据我看，你们很稳，因为旧制只剩一班，何必出花头，并且美国退款情形不同，国民政府想必不至鲁莽。从文害病，自必是过劳了。他的《阿丽思中国游记》我很喜欢，见面时望把我的近况转告一些给他听。我的译诗你想看的时候，可告诉霓君挂号给你。我这夏天功课忙得紧，早七点就要起来，晚十一点才能睡。以后，我决不再选早八点的课了。希腊文很罗嗦，却有趣。

子沅　（一九二八）七月二十五日

李德明同卢明德我很劝他们学文学，将来专力介绍中国文学，不知结果如何。

十三

念生：

今天看报，说有北大毕业学生黄天来打算由美国加州乘飞机横渡太平洋到广东，我听到真是说不出的欢喜。这次飞行不管成与不成，只要用一种无畏的精神去作，总是为祖国争光的。美洲红人据说是中国人，当初贝林海峡不曾分断时候过来美洲的。君右在加州时的先生，他那太太有红人祖上，她打算作一本书专论此层。这次蒙古地质调查团也证明了红人的文明同蒙古文明一样。照这样说来，美洲为中国人发现，久在哥仑布之前。沟通亚美以前是中国人的事业，如今又有黄天来。我想作一首诗给他。（诗从略）

子沅　（一九二八）九，二十六

十四

念生：

两次《辰星》都收到，见面只等半年了。你同皑岚明德，可把上学期成绩寄给我，并把以前各年成绩也教注册部抄出，一同寄来，我好预行替你们去各校交涉。国文功课，除非成绩特别好，否则不必抄。我害了一礼拜伤风，这是美国今冬的时症，芝校因此提早放假，我决定趁这二十天空，替子惠校对完他译的小说。下季起我要读四样功课，没有闲空。因为本季同那个教习决裂，我把他两样课一齐退去，必须下两季补起。现在你同皑岚元度都很活动了，我希望你们能替我设法把《三星集》、《索赫拉与鲁斯通》送出去。《若木华集》望问景深我拿了开明多少钱，我极想省一笔钱收回。据《文学周报》上景深作的统计，诗集极不行时。我上面的一番托付也不过尽我对自身著作的人事罢了，大半是不会成功的。你的创作我常看见，倒很过瘾。惟有皑岚，我只见到他一些翻译，看的不着痛痒，我实在很想多看他一些创作，以当见面。

子沅　（一九二八）十二月十五日

这半年务必多学作几样中国菜。

十五

念生：

信收到。邓小姐的照相，料想夏秋间见面时可以见到。那时并要从皑岚打听你们当中的趣事。还要与他联盟迫胁你交出至少一封邓小姐给你的信来，我们两个好瞻仰瞻仰。来信说的一见女人就兴奋，大家都有同感。这是因为中国向来男女间很少交际之故，过惯了也就好了。《送黄天来（籁）》诗请找一份给我。自己的文章印出来时候，看到有一种特味。《猫诰》英译已见到，印误大多。你因谋生不得不暂时搁下散文，那是无法。将来到了美国，我相信你一定还要续作的，这是一种有特色的新文学。我一定设法在五月初寄美金二十给你，存在霓君处的只有两本译诗。若是有人想印，未尝不可，不过由我们去交涉，那却犯不着。他们想印，我只有一个条件，一切标点都要照我自己的，万不得已，就一律用圈子，稿费请代寄与霓君。你同皑岚如缺钱置备行李，当然可以挪用一部分。我两年来缺乏伴侣，极感痛苦，秋天决定同你们一致进行。等你们上学期同以前各年的成绩单子寄到，由我代向各校打听了之后，总要你们满意的学校，我们便可同进。或希校或斯校或另有他校，六月底总可知道。专门念英文也好，社会对创作者本不可苛求，我们只要常抱着世界的眼光就好了。我法文德文以外还学了希腊文，但是我为了同样缘故，不预备再学下去，只专力于英法德三种外国文之上。明德是学文学吗？如是，我很盼望他能专攻民族的文学，或拉丁族，或日耳曼族，或斯拉夫族。我是秋季毕业，明年夏季考得硕士以后便想回去。史事诗应该早点预备，读书以史为经，以他种集子为纬，动手写总在三十岁左右，头一篇自然是《文天祥》。我读书的主要目的是搜聚史事诗材料，还有一个宾目的便是借此作一番整理古文学的工夫。翻译古诗作英文的计划我恐怕要舍去了，真教无法。要作这事，必得还要两年专门的文笔训练。一年半内我要一力念法文德文，除非将来再到美国或欧洲，回国后能否分些时候来作这件事，现在还不敢讲。总之我对它还不曾完全断念。我文学上的工作最要紧的是史事诗，其次是整理古文学，其次是介绍古文学入西方，其次是介绍西方文学。

子沅　（一九二九）一月十九日

十六

念生：

我近来思想起一大变化，以前专顾文学，不管其他的方针已经取消。自然我将来作事还是在文学一方面，不过社会中各问题，尤其是本国社会各问题，我决定多多研究。至少要知道有那些问题，各问题实情如何，对他们我应当采取何种态度。即如移民，我今天看戴季陶的《青年之路》，才知道本部十八省的人口密度简直过似欧洲。又有华侨，欧人在亚澳两洲领土中是取怂恿土人与中国人鹬蚌相争的政策。又如留学生科目问题，文科无疑是远过实科，我如今自己反悔，当时不曾学得实科。不过从前家庭主张，都是拿个人生计来讲。我若是早知道中国最近这三十年最要的是实科人才，我如今决不会在这里学文学的。念生，你如今还来得及改。我劝你为祖国最近的三十年计算，把文学牺牲了罢。实科文学你都能作得出好成绩，那就应该舍文而取实。念生，我们中国是能作文的人多，能办实业的人少呀。你作的一些小品文，既然不行时，不过据我个人的眼光，它们实在在小品文界中发一异彩。将来你有空，我还希望你不要忘记了它们。不过，念生，我以前听你说过一件事，可见你有科学的天赋，这点天赋在当今的中国真是无价之宝呀。就是明德老弟，我也劝他不要学文学，专攻经济学，或实科。他家里在南洋已经立有根基，他回去可说是轻车熟路。华侨的位置受帝国主义的欺凌侵略已经慢慢动摇了，我们应当如何把它保护着，并且尽力发展。要是舍去，不简直等于帮助帝国主义了吗？为祖国利权打算，明德老弟是不可牺牲的呀。他对文学发生了兴趣是很好的。第一将来经营实业觉得干枯之时，文学可以调剂生活。第二他在华侨实业界中一定能有很丰富的经验，那时候如有闲暇能写下来，真可在文坛上发一异彩呢。

接霓君来信，知道《三星集》同《索赫拉与鲁斯通》在预备寄给你了。这也好，标点如不能照原，可一律改作圈子，最好只卖第二本。我五月的二十美金仍然是要寄给你的。卖书所得，除扣去我欠你的钱以外，一部分你同皑岚可以救急，一部分请代我寄给霓君。我如今仍在希校，虽然不能同业，我却希望能同学。皑岚、明德我也希望他们来这里。你们可以先到此处交涉，结果不满意，尽可进西北大学，奥亥阿大学，或罗伦士，或威斯康辛大学。西北就在城外，奥校八点钟的火车，罗校威校五点钟。车费当然由监督处料理。

皑岚同我生成了只能作文章，我们只好把五十年后的事业提前来作。他是作小说的人，自然应当住在大城里面，才可多见多闻。他寄来《认识》一期，我已经收到，小说的技术很有进步。他的长篇小说据广告看来就要印了，我很望早日见到。

杨先生处请代问一声我欠消夏团一共多少钱。以前我向赵国材交涉好了，由回国川资中扣还。他叫我查明款项多少再扣。后来音信毫无，怕是新旧交代中错过了。再请你问一句，我好把数目告诉梅贻琦。

子沅　（一九二九，三月七日）

十七

念生：

二月十八日信收到。出洋事据大家看来，都觉得不成问题，你请放下心来念书好了，把这半年苦过去就成。什么学校都可以，这句话实在很对。我们是念书，不是念学堂，所以我希望你们都到俄亥阿来。中国菜馆一出门就是，用钱很省。环境比芝加哥好得不知多少。五月一号准可寄二十美金。杨先生处我要由监督处在回国川资中扣回。明德要学商业，妙极。你学文学实业都好，现在不必理会，到了这里再定好了。为中国鞠躬尽瘁，这是我们早已选定的了。至于由那条路前进，那都是一样的。“祁山”要是想印我的书，先由他们印《索赫拉》罢。但不必由我们勉强他们，初开书局经费不见得充足，诗可是卖不了钱的。总之，不要由我们发动就是。现在说两件琐碎事，治装时可买本国作铁箱，皮包，（钱少只买一箱一包，）三星公司藤包各一。衣裳只须作一套春季的，（不要由小店作，）颜色不深不浅，要 single lining，（好暖时可用），要两条裤。作两套最好，都是春秋季可穿。（夏季也能用。）船上穿脏一套，车上可以换。要一件毛汗衣 woolen underwear（union suit）好船上冷的时候贴身穿上。这等于本国的绒布小褂裤，暖和得多就是。不是 sweater。布汗衣cotton underwear（union suit）半打。中国内衣公司衬衫五件shirt，有钱可以作些绸衬衫。不要买硬领，全买软领，最低最好（low-necked soft collars）。有连领衬衫 shirts with collar attached，五件中可买两件。不要白番布鞋，一双黑皮鞋就够。两双最好，（一双深棕色的，）不要草帽，一顶毡帽就成（felt hat 不是 velour hat）。帽子要十块左右，省得扔去另买。鞋子同一道理。有钱可作一件雨衣。船上车上平均两天要换衣换袜，省得外衣与鞋子生气味。我们这几个人都像是一家人，我从前又上过多少当，所以琐碎的说了一番。我有几件事托你们，市场或小市中请代买几个古钱，最多一角银市一个。另要一些中国风景或古物明信片，要好不要多，十张以内。另在上海有一种压发丝网，男人用的。便宜的只要两角小洋一个，请代买五个到十个。

（未署名）（一九二九，三月三十日）

十八

念生：

我既然暑假就要回国，译诗集请不必忙着付印罢，将来自己印，总能印得如意多多。你这一番帮忙，我仍是十分感谢。你同皑岚，我大概秋天见不了面，因为我想绕道欧洲。要是路费不够，我们却一定可以在旧金山相会。说了一大截，还不晓得你们可已经听我告诉过暑假回国的原因否？这是一多由叔铺转告诉与我，秋天要邀我去武汉大学帮他忙，大概是教授名义。我将来看着时机到了，一定要怂恿××与×××脱离关系。我自己更是一直反对×××到底。明天星期五，下午无课，我去寄二十美金给你。望转告皑岚，《认识》两期收到了。我喜欢那一段写么子骑背的文章。近来看报，说黄天籁横渡太平洋的计划仍在进行，心里很舒服。

子沅　（一九二九）五月二日

十九

念生：

你到底是在西部停下呢，还是想东去？到底是决定了从事实业呢，还是照旧想研究文学？我以前早就讲过了，投身实业的人，虽然不能“研究”文学了，但到中年老年，还一样可以作文。你想，你那些描写郊野生活的散文，岂不都是你从前所曾“生活”过的，又那是从文学里研究出来的呢？并且从事实业的人，只要他不是陋者，他总会在“公退之暇”，读诗读文，赏玩艺术的。我并不是说实业比文章高，然而在现今，实业确比文章要紧。有了饭吃以后，自然是应该发展艺术文学，但是如今中国正在饿着肚皮，种五谷自然是要务了。我这十年内决定作些戏剧，批评，翻译，还要开书店，也是想在文学上作一点致用之业的意思。我相信你从事实业以后，将来一定会有很丰富的材料，作出很特别的小说诗文来。所以我们打算开的这个"作者书店"，仍旧要你作一根台柱子。我觉得你有一股奇气，那些散文便是一丝朝色在蛋白的晨光之内蕴含着灿烂之未来。我预祝你在中年作一个大实业家，到老年再作一个大文学家。我这来美的两年，改了三次学堂：第一次因为法文教科书里把中国人叫作"猴子"，我离开了罗伦士。第二次因为教授居然疑心到我不曾将借用的书归还，我离开了芝加哥。第三次彭基相说是闻一多要我回去武昌教书，我就不考了。希奇古怪的事也看过不少，犷野，无信，下作，嫉妒，阴险，真是无所不有。恶疾之噩梦我也作过，醒过来之后，虽然知道了是虚，但那黑夜我到现在想起来，还觉得不舒服。罪恶这东西，我从前全是书生之见，以为极其浪漫，这次来了西部，看见了真的罪恶，才把银色的幻影一阵狂风给刮走了。这次旧金山的土案，又有某君带了许多图书馆里的书回国。又有某人自己偷了别人的信，嫁祸在无辜者身上。又有某人月入一百七十元，想向我买那张芝加哥来回车票的半票，我卖给×××了。他又向斯校某同学去买，这来回票共价洋九十元，照理应当每人出四十五元，他说："你从芝加哥来，一趟应当要多少钱？""七十八。""那么我付你十二块罢。"另有一个同学听到这个卑鄙调头，把他大骂一顿，推出门去。这一位是从前威士康辛的政客。像这样看来，将来回去了，还不是一个卖国贼。我看到这几件事情以后，把以前对于罪恶的浪漫见解彻底推翻了。那个土案中的女人，听说通五六种语言。拿书的是"哲学家"，"十二块"的也鬼聪明。由此看来，一个人决不可没有骨头。西方文学诚然也有颓废的一方面，但是像但忒这样有骨头的人也多的很。不说别的，单讲法国，中国现在一听到这两个字，立刻就想到淫书，巴黎性病等等，殊不知那只是一相。就说卢梭吧，他小偷小窃，也犯得不少，他见了什么女人，就发生恋爱；但是他也有他的骨头：即如他作过一本书，犯了众怒，连他退避的乡村中，无大无小，都是见他出来了就叱他，在他后面扔石子；他硬起来，偏要在路上走，每天照样一毫不改。这不就是岳飞文天祥的精神吗？我以为现在国内对于西方文学的误解太大了，他们以为消沉，放纵的文学就把西方的文学包括尽了。殊不知伟大，雄浑，健强的佳著，西方更多呢？即如我近来把 Brieux 的戏剧三种的英译本重读过一遍，这三篇讨论的婚姻，生产，性病三个问题，多么严肃，多么如火如荼，这不过信手拈的一个例子罢了。回国以后，应当提倡将西方文学全盘介绍。这项工作我们的书店就该负最大的责任。赵景深兄是专力译事的人，我将来想在书籍方面帮他多多搜聚。

湘　（一九二九）九月五日

二十

念生：

我在这里每星期担任九时的功课，明年大半可以办外国文学系。此处气候很像北平，又没有灰，离上海只有一天半的路，离庐山只有一天。是王星拱的校长，他很想着实办一下。我月薪三百，听说从前最低不过打过一次八五折。家眷这几天就要来了，明年功课钟点还可以减少。你究竟如何？很想你详细的告诉我。初到美国，感想如何？要是你在西部停下了，有一件事很想托你，就是那个书箱子，请你赶快寄给我，由上海闸北天通庵路三丰里五号赵景深先生转交可以了。能直接由

Amer. Rlwy. Expr. 寄到安大，那自然是再好不过。垫款应当如何处置，请告诉我。

湘　（一九二九）十月二十一日

如你不在西部，寄箱事我就托皑岚。我一到，就买了些古董，如一锭明墨，一座新出土的陶马（“黄土的人马在四边环拱”这一句诗你可记得）。评《草莽》文在上海看见，以后详谈，大约的印象是全文都很有眼光。你同霞村的一段误会，我相信是起于你当时在爱情的纠纷中心绪不好，两边都是好人，何必呢?

二十一

念生：

旭初转来一信，知道一切。书店务必从现在起就努力，商务初办时只有三千块的本。杂志编辑与书店经理你能担任，那是很好的，作经理要不怕苦，不怕琐碎，文学，商业，印刷，这三种我以为都可学得。其中数印刷最好，不知你觉得怎样？我们的书可以暂时自印，托一熟书占代管发行，将来自己开店时候，再收回不迟。你的游记我很想早日看到，想必一定是同从前的文章一样新鲜，一样奇怪。评《草莽》的文章看见了，作得很有见地。如今按段申述我的意思：我从前是照例的为新诗悲观了一下，后来看到汪静之的诗，最近又看到戴望舒的，他们比起×××刘梦苇郭沫若来并不逊色一毫，因之我又高兴起来。中国此时最需要自信力了，更何况有物可信呢。介绍本人一段中，谈及我性格之处很中肯。“他的情歌多是替别人写的”一句话，是替霓君占身份而说出的，我应当十分感谢。霓君是一个很好，很能干的女子，如其以友人的关系初次相会，我一定要对她发生恋爱的，不幸我们初次相见于不自然的制度之下。虽然如此，她仍有力量引起我十二分的敬意与十分的同情。她是一个极好的伴侣，我这一生决定不与她离开。不过刺激我却是少不了。诗行诚然不可一律很短，但是偶一为之，也觉得新颖。读诗会不能开成的声明，《采莲曲》的辩护，都是你细心体贴之处，我十分感激。《猫诰》一诗的体裁，我当时是采自外国，后来看到赵翼的诗集中也有这一类的谐诗。《王娇》确是抒情的成份多似叙事的，与济慈的《圣亚格尼司节之上夕》是同类的诗。近作《劝婚》一诗，却完全是心理的描写了。

湘　（一九二九）十一月二日

安庆东门宝善庵三十九号

二十二

念生：

信均悉。《现代文学》创刊号中看见你的短文，我觉得维多利亚的气息太重了。Faerie Queene 我觉得只有一个空漠的外表，内中毫无产物；我从前读它，只是因为那是一个文人应尽的职务。倘如你爱它，那很欢迎，我宁可读些现代诗人。《金牛》与散文集我还不曾看见。下年我如仍在安大，× ×事当然可以办到。

弟湘　（一九三〇，三月二十三日？）

二十三

念生：

英文信收到。我近来懒得写信。安庆又没有地方走动，真是闷坏了。开手译哈第的 Jude，年底可以译成。作小说我自知不合宜，我天生得不耐烦顾及小节目，不过译小说倒觉得有趣，尤其这本《诸德》，我十分心爱。译来更加增一层艺术的乐趣。××在纽约，你们碰到面没有？他不知已否有了订婚人或爱人，他家里有些什么人，都请详细代为打听。他对于恋爱与结婚，有些什么主张，我也很想知道。

湘　（一九三〇）三月二十八日

二十四

念生：

来信收到。《诸德》译了一个开端，听说有许多人在译，我早已不译了。一多到没有译它。这次去长沙，在汉口看了一次徐碧云。我如今对于旧剧很有兴趣，买了许多唱片，生，旦，净，丑，各有各的好处；大鼓我也喜欢。今年冬天，一定要去北方听戏。安庆这地方无聊之至，电影院都没有，有一个大戏班子，坏透了。人生这出戏我到不怎么喜欢看，没有音乐，没有图画，没有任何什么，只是猴子在那里变把戏。

子沅　（一九三〇）六月三日

海外寄霓君

一

霓妹，我的爱妻：

你从般若庵十二月初五写的“第一封”信我收到了。我后天就要搬家，你的信可以寄到憩轩四兄第一次替你打的信封那里。我在芝加哥城里过得好些，身体也好，望你不要记挂。我到今天总共收到你八封信。你信内并不曾提到岳母大人同憩轩四兄的病，想必是都好了。你的奶水不够，务必要请奶妈子。照我如今这般寄钱，是很够请奶妈子的，千万不要省这几块钱。小东身体已经不好，如若小时不吃够奶，一定要短命，那时我决定不依你，小沅你是不用我说就会当心的，所以我也不多讲。罗先生倒是很帮忙，不过那取衣的钱一定要还他。不知你已还给他了没有。千万记得还他。你很可以多寄些鱼肉给他，不过千万告诉他不要叫厨房作，怕的好鱼好肉给厨房赚下去了。你还告诉他，我从前在清华同他，同彭光钦先生，还同些别的同学，一同吃罗胖子先生从湘潭寄的鱼肉。我当时曾经答应了由家中寄些鱼肉给他们再吃一次，你可以多寄些，由他替我请他们罢。我这里只好等今年冬天再看寄不寄罢。如今已是春天，你寄时路上怕会坏了，不值得。并且东西寄到美国后，要抽我很重的税，那时东西不曾吃到，倒要赔钱，那才不上算呢。不过夏天罗先生来美国的时候，他到上海以后，我可以托他在泰丰买些罐头带给我。如若上海没有菌子罐头，你可以寄三四个罐头菌子到上海交他带给我，不能再多，再多他就带不了，并且太多时怕人查出来。那要罚很多的钱。我新近译好了一本外国诗，寄到上海，可以先拿四五十块现钱，我叫他们直接寄到般若庵八号朱小沅，大概阳历三月底你可以收到。我这几个月因为搬了两次家，省而又省，只省得二十块美金来，阳历三月初寄给你，阳历四月半你可以收到。连着稿费也有九十块中国钱了。以后希望每月能省十五块美金寄给你，我这样省，恐怕书都买不了什么。我来美国许久，电影同戏一次也不曾看过。等一年之后，你进了学堂，我或者可以多买些书，偶尔添点衣裳。像现今这样，是决定不成的。不过这我一点也不埋怨。我书尽有的看，因为芝加哥大学的图书馆极大，要看什么书，就有什么书。我的霓妹妹替我带着一男一女，我每月至少总要有中国钱三十块寄给她，才放心。

大沅　二月六日第一封

芝加哥是美国第二个大城，生活程度极高，我从前已经告诉过你了。我来这里，因为最近，车费自己出的，还出得起，并且芝加哥大学极好。

二

霓君，我的爱妻：

从此以后，我决定自己作饭。每月可以寄二十块美金给你，我自己还可以买点书，我问了他们内行的人知道腌鱼腊肉这面都可以买得到。不过这人不十分可靠，详细情形我以后告诉你。我想这个消息你听了一定很喜欢。一年半载之后，你进了学堂，很可以在这里面省出一笔钱来。现在已经春天，我的衣服没有，美国人又是富，我们中国人到这面来，至少不要穿得像叫化子。并且我那本书寄去上海，可以拿四五十块中国钱，我叫了他们给你寄去，可以支持些时候，所以我不得已，作了春天两套衣裳。阳历四月初一我准寄美金卅块回家。你阳历五月半可以收到。从阳历五月起，每月决定能余廿块，可以两个月寄一回。在美国照相，听说贵的不得了；照六张六寸的，要廿块美金。所以现在是照不起。无论如何，在美国总要照一次作纪念的。早迟那就不敢讲了。鱼肉你现在不必寄。还有罐头之类东西，美国并不贵，也不必托罗先生带了。绣花抽税太高，并且销的不多，也算了罢。我如今读书很快活，并且除去寄钱给你以外，我自己每月还能买些自己要看想买的书，这也叫我高兴。我如今立了一个志向，要把全世界上许多国家的诗都拿来读。这面芝加哥大学的图书馆很大，我要看的这种书大半都有，你想我是多么快活。大前天本是礼拜，我照例应该写信给你的，因为看书有趣，看忘记掉了。我今天虽然看着一本好书（荷兰国的诗）不过我信没写，实在不放心。所以把书放下，赶快写信，省得你记挂。芝加哥这面常常阴天，不像北京，很像南京。长沙我虽然离了好久，我想也是这样。写完这信，晚上作梦，梦到我凫水，落到水里去了；你跳进水里，把我救了出来；当时我感激你，爱你的意思，真是说也说不出来，我当时哭醒了，醒来以后，我想起你从前到现在一片对我的真情，心里真是一股说不出的味道。

沅达达　二月十六日第二封

三

霓君，我的爱妻：

接罗先生信，知道戒指事，那自然是当铺玩的鬼，我已经告诉他多认几个利钱取出来。你托他买东西，不知要买什么？他并不有钱，何必托他买？如若已经买了，钱务必照数还他。两张当票的钱连利钱也要还他。我又作了一本小书，（译的诗）可以先拿二十块钱。阳历五月初头，你可以收到这笔钱。我今天看中国诗，有一首看了很感动，那首诗是苏武作的，说："自从我们二人结发作夫妻以后，恩爱两不相疑。但是我明天早晨就要动身去外国了。只有今天一晚同在一起，那么就让我尽量的欢娱罢。我是要动身的人，心里总记挂着上路，怕误了时辰，所以我起来看看如今是什么时候了。你看，天上的参星同辰星都不见了，走了，我要同你分别了。我这是去匈奴（如今的蒙古），那里的人是性情不好的；我们再见的时候我也不敢讲是那一天。我握住你的手，长叹一声，想到别离，不觉落下了泪来。你保重身躯，常常记着我们欢乐的时光。我要是活着，一定早归。要是死了，我作鬼也记到你，不会忘记。"后来这作诗的苏武隔十九年回了本国，作了一个大官。我想到四五年后我们再见的时候，那是多么快活的事情啊。

你的苏武，沅　二月廿一日第三封

四

霓君，我的爱妻：

我好久不曾接到你的信：这我知道，是因为以前我告诉你我要回家，所以你怕我已经动身了，不曾写信给我。我当时告诉你说要回家，是阳历年底的事情。从长沙到美国的信要四十天左右可以到。一个来回是八十天。如今是阳历二月底了。我是阳历正月初到芝加哥的，所以我算算还要等二十天或者半个月才能接到你的信。过了这半个月就好了，以后就能每礼拜有你的信看了。我总共算一算，我寄给你的信总共至少有三十封，你的信我只收到八封。这就外面看来，好像你对我不起，写得太少了；其实不然。第一，你当时不知道我的住址。第二，你当时怀着小东。并且你以后的许多封信都是用的挂号，可见得你是极其小心，怕的它们掉了。其实信寄到美国来，是决定掉不了的。不过信虽掉不了，你用挂号寄来，可见得你是极其小心，怕我万一接不到，岂不心里难受？你这样的替我想，我应当怎样的爱你敬你。我写给你的信都没有挂号，因为我知道信是决失落不了的。你以后的信，也不要挂号了罢。以前憩轩四兄替你打的信封千妥万妥，决不会失落的。我再等个半年，等手头松动点，很想买一架打字机，钱可以分一年交完，第一个月交十块，以后每月交五块，总共一年交给他们六十五块。平常一次交钱是六十，那样我是再也买不起的。我再等半个月就搬家，总要搬个长久的地方住，省得以后再麻烦了。这是第四封。

沅　二月廿八日

五

我爱的霓妹：

昨晚作了一个梦，梦到你，哭醒了。醒过来之后，大哭了一场。不过不能高声痛快的哭一场，只能抽抽噎噎的，让眼泪直流到枕衣上，鼻涕梗在鼻孔里面。今天是礼拜，我看书看得眼睛都痛了，半是因为昨夜哭过的原故，今天有太阳，这在芝加哥算是好天气了。天上虽然没有云，不过薄薄的好像蒙上了一层灰：看来凄惨的很。正对着我的这间房（在二层楼上）从窗子中间看见一所灰色的房子，这是学校的，一点声音也听不见，好像死人一般。房子前面是一块空地基，上面乱堆着些陈旧的木板。我看着这所房，这片地，心里说不出的恨它们。我如今简直像住在监牢里面，没有一个人说一句知心的话。有时看见一双父母带着子女从窗下路上走过去：这是礼拜日，父亲母亲工厂内都放了工，所以他们带了儿子女儿出门散步。我看见他们，真是说不出的羡慕。我如今说起来很好听，是一个留学生，可是想像工人一样享一点家庭的福都不能够，这是多么可怜又多么可恨。我写到这里，就忽的想起你当时又黄又瘦的面貌来，眼眶里又酸了一下。只要在中国活得了命，我又何至于抛了妻子儿女来外国受这种活牢的罪呢。霓君，我的好妹妹，我从前的脾气实在不好，我知道有许多次是我得罪了你，你千忍万忍忍不住了，才同我吵闹的。不过我的情形你应该也明白。我实在是在外面受了许多的气，并且那时一屁股的欠债，又要筹款出洋，我实在是不知怎样办法是好。我想你总可以饶恕我罢？这次回家之后，我想一定可以过的十分美满，比从前更好。写这行的时候，听到一个摇篮里的小孩在门外面哭，这是同居的一家新添的孩子，我不知何故，听到他的哭声，心中恨他，恨他不是小沅小东，让我听了。我又想到你的温柔，你对我的千情万意，分开了，不能见面，不能立刻见面，说一句知心话，彼此温存一下，像从前在京城旅馆内初见面时那样温存一下。你还记得当时你是怎样吗？我靠在你身旁坐下，你身上面上的一股热气直扑到我的脸上（我想我当时的热气也一定扑到了你的脸上）。我当时心里说不出的痒痒。后来我要摸你的手，我偷偷的摸到握住，你羞怯怯的好像新娘子一样，我当时真是说不出的快活。天哪，天哪，但望两三年后，夫妻都好，再能尝尝那种爱情的美味罢。

沅　三月四日第五封

六

霓君，我的爱妻：

昨天刚写“第五封”信给你，是寄到菜根香。今天接到你阴历年底从万府上寄来的信。尼庵内住，本不妥当。我们远离，彼此都十分伤心，你怎能住在尼庵里面？不过住在万府上，也不方便。你想进学校，办法比较好些。我并不要你将来作教员经济独立，不过是，你单人租房子住既不妥当，住在万府上也不方便，不如把学堂当作旅馆样住，并且朋友很多，热闹些，可以把别离的苦处稍为忘记一点。小沅小东我想或者可以寄住在万府上，我们自己用工钱雇一个奶娘，并且每月贴补万府上多少钱，作为小沅的饭钱同奶妈的饭钱。小沅将近三岁，能进幼稚园最好进幼稚园。我们要越少惊动亲戚越好。随便你进什么学堂，不过不要进名气不好的。你在学堂里，高兴就读些书，不高兴少读些。这我并不计较，因为我不是想你将来赚钱作家用，不过因为你无处可住，自己单身租房子住既不妥当，住在亲戚家中又不好意思。你进的学堂总要能让你天天看得见小沅同小东才好。不然，你同我分开了，又要同小沅小东分开，那还不如不进学堂呢。我看在不曾打听进学堂以先，你最好看看，万府上各位是否一齐都欢迎你，你可以向令妹私下商量，说是你同小沅小东可以住在万府上，不过要万府上肯受房饭钱才成，不然你是不能住在万府上的。你可以说万府上人口很多，并且你要住就住的很长久（两三年），你说住十天半个月到可以承受人情，你要住的很久，并且带了小沅小东，还要雇用人奶妈，一定要他们万府上受房租同饭钱才成，不然你就一定要搬出来，宁可自己租房子住。我每月（从阳历五月起）一定能省美金廿块，除去家用外还很可以省点下来。你为什么要搬去万府上住呢？如是令妹看见你常常独自伤心，不忍得，要你搬去同她一同住，叫你热闹一点，那你就一定要她肯受房钱同饭钱，不然你决定不能住在万府上。你可以向令妹说万府上自然是不计较的；不过，我朱家不出房租饭钱，是决不能在万府上借住的。我很希奇你为什么忽然搬去万府上了。说是我不寄钱给你，我又刚寄给了你一百块中国钱，至少总能用三个月。我又寄了两本书回中国，叫他们把钱直接寄给你，那总有八十块钱，再能用两个多月。（这是预支的稿费四分之一，以后还有。）用到阳历六月半，这时我阳历五月初头寄你的钱你刚好收到。这一接上，以后每月四十块中国钱，是决定不会误的。所以我想你搬去万府上一定不会是因为钱的原故。那么为何呢？我想一定是令妹一片热心，姊妹情长，看见你常常想起我流泪，又住在尼庵附近，更易伤心，所以劝你搬去一同住，好减去你的伤心。这是令妹同万府上的一片好意，我们十分感激。不过这是两三年的事，并非十天半个月的事。万府上固然不计较，我朱家却承不了这大的人情呀。并且还有两个小孩子，还要雇奶妈同女工。所以，万府上如若不肯受我们的房租饭钱，那你就决定不能住在万府上。你在外边租房子住，如若租得到满意的，常有亲戚朋友来往，你不至于寂寞孤单，那就好。我并不一定要你抛开了小沅小东进学堂，我是怕你太觉孤零了，进学堂热闹些。这是我替你想的，你总该明白。我在美国住不好的房子，自己作饭，省下来钱寄给你，（这次作衣，是因为春天没有衣穿，你总该明白。）你对我的一片心总该知道。你为什么要说“将来我们共同生活，金钱独立，人穷志短，可以收回”这种话伤我的心呢？你写这封信时候，刚在过年，你看到别人热闹，自然难免伤怀。这我并不怪你，你不必因此心中不安，不过以后你总要少说些伤我心的话才好，（你信内常说你寄人篱下，你怎能这样说呢？我们不是夫妻吗？那么，你怎能说你寄我篱下，你我非外人呀。）你要知道，我在这里举目无亲，又没朋友，就是靠着看看你的信，才减去点寂寞伤感。如若你的信内写些伤我心的话，我就更觉孤单了。二嫂今天也来了一封信，她信内并且附寄来了你给她的一封信，你向她说，叫她问我可收到了你的信没有，这叫我十分难受。她以为我不曾写过几封信给你，叫我同你多多写信，这我不是冤枉吗？我每礼拜都有信给你。有时四天五天，就写一封给你。你的信我一共也收到了九封。你要知道美国的信到中国长沙要四五十天，长沙信来美国又要四五十天，所以一个来回要九十天，也难怪我急着要看你的信。但是你这一问二嫂，好像我不曾写过信给你似的，这我真是冤枉。我虽然难过了半天，不过也不十分怪你，因为夫妻隔的太远，有些时候难免发生误会。以后你要多相信我些才好。我对你就是十分相信。我们夫妻明明感情很好，二嫂却以为我不曾多写信给你，这都是因为你不相信我，常常写信给二嫂说我没有信给你，不然她何至于把你的信寄给我看，叫我多同你通信呢？以后这种地方你应当小心，省得伤我的心。你知道我是好人，我也知道你是好人，我们要彼此多相信点才好。憩轩四兄第一次替你打的信封是不错的。你的信寄去那里是会十分妥当转来给我的。我在美国一切都很小心，身体很强壮，决不会害病（除了相思病），绣花枕头抽税很大，不必寄了，到是等罗先生可以寄到上海，寄给他，带给我。腊鱼肉等今年冬天再说。美国画片我等有钱时候买很多很多寄给你，自己留些，再拿些送亲戚朋友。如今先把我来美国坐火车路上买的一些明信片寄给你。（有八张是在日本买的。有一些张同我以前寄给你的那本书中间的一些画是一样的。）你可以看着拿些送亲戚朋友。这封信写得太长，让我简单说几句：如今的办法有四条：（一）你带小沅小东住在万府上，自己雇奶妈女工，付房租饭钱，最好是他们有几间空房租给你，自己的女工作饭。（二）你进学堂，（要每天能看小沅小东。）小沅小东寄住在万府上，我们自己雇奶妈，并且每月送万府上多少钱作为奶妈饭钱。（小沅能进幼稚园最好，不能进也要算饭钱给万府上。）（三）在外面找妥当房子，常同亲戚朋友来往，省得孤单。（四）进学堂，小沅小东寄养在别人家。这四条办法中，第（三）条最好。第（一）条第二，第（二）条第三，第（四）条第四。望早日定规，告诉我听。还有一件事：小沅名海士，字伯智；小东名雪，字燕支（就是胭脂）。定名如此的原因，下次告诉你。

沅　三月五日第六封

七

霓君，我亲爱的：

这是第七封。挂号寄给你的许多美术明信片想必早已收到。关于小沅小东你自然会带，不用我多说。不过有两件事情怕你大意，要告诉你一句。第一要让他们早睡，睡得太迟是于小孩子有伤的。九点钟以前，小沅就要睡了，不可再迟。小东还可以睡早些。第二他们要吃零嘴，都要大店里买，千万不要买街上的担子挑的。尤其是夏天，更危险的不得了。最好你上街时候顺路买些点心（要大点心店的）。回家藏在磁缸子中间，他们要吃时候给些他们。所以小沅小东你得特别小心。前几天我在夜里梦到同你相会，同在一床，两人在枕边说了许多许多恩爱的话才睡。在外国的这几年我总要好好的混个名声回去，并且把身子保护得一点病没有的回去，省得像某某那样，生出来的孩子有软骨病。（这个我们自己心内知道好了，千万不要向别人说。）如今芝加哥已经暖和起来了，草也绿了。天气一好，精神上舒服得多。如今不是自己作饭，怕的太麻烦，并且一个人作饭也不上算。不过我说的每个月寄那么多钱给你，那是不会错的。只好在我自己身上想法子来省了。还有常常寄许多画片给你，那也是不会误事的。等下个月我就写信买去。美国零碎东西我有时也要买些留着，回国时带给你。不能就寄，因为太费事。总要回国之时让你看见许多希奇古怪的东西，小沅小东也要有许多玩意儿。那时我的身子送到了你的怀中，并且也有许多有趣的东西送到了你的手中。霓君，霓君，你知道我现在是多么爱你啊！我回国以后，要作一个一百分好的丈夫，要作一个一百分好的父亲。

沅　三月十四日

八

霓君亲爱：

今天我上街，特别买了些写信给你用的信纸信封。我还买了发网，是剪了头发的女学生用的，如今附在信内寄给你。这是双线的，是真头发。单线的是丝线。单线的不知是不是剪了头发的女子用的，你总试得出来。我这是外行。不是双线的上面写明了“剪发的女子用”，我还不知道呢。也有留头用的一种，你如若想送人，我以后再买些寄给你。双线的中国钱两角一个，单线的一角一个，在美国总算便宜了。倘如你用的很合适，以后我再买给你。双线的是黑色，单线的是棕色。还有一种我看简直是白色，但是伙计说是淡棕。因为外国女人的头发有好多种颜色：黑，赭，黄，淡黄（带白色）。所以发网也作了许多种颜色的。我寄的这一对，单线的上面有松紧带。这一对网子的大小不知你合用不？大概大大小小的样式很多，以后你试用了，可以告诉我这双合你用不。如不合用，是再要加大多少，或是减小多少。在芝加哥出门坐汽车太贵，一点钟大概要五块美金，坐不起。他们的汽车论路的远近算钱，车夫身边有一只匣子，是一只计钱表，起码三角五美金，走了一截路，那表一定会答剌一响加一角，就这样加上去。我从前由亚坡屯到芝加哥，下火车后，由车站坐这种作生意的汽车，车子通黄的（遍美国的汽车生意大半都被这种黄汽车包揽去了），坐了半点钟花去三块钱。因为初到，并且有行李，只好坐它。那表自开自关，车夫也作不了鬼。还有电车，很便宜，只要七分，可以换一次车，不加钱。我今天上街坐车，总坐了半点多钟，只花了七分钱，回来也一样七分。电车有好有丑，大半是两人一张藤椅。比上海的头等电车好得多，也便宜得多。

沅　三月十七日第八封

九

霓妹亲爱：

接到你正月廿晚的信说，有十天没有接到信，到电影院看电影看得很伤心。那些信纸上面有许多红印子，那自然是你流的眼泪了，我极其难受。亲爱的妹妹，我不曾害病，外面我少出门，汽车等等危险也没遇到，你放心罢。那时我刚从亚坡屯到芝加哥来，忙了一阵，所以十天你不曾接到我的信。这封信是第九封。九封以前，我曾经从芝加哥写过阳历一月六日、十五日、廿一日、卅一日，四封信给你。二月六日起，是第一封。所以我到芝加哥以后，总共写过十三封信。看到你的回信，犹如看到你那颗金子般的心，可见你对我的心肠极好，我听到了是多么快活高兴。我们的爱情是天长地久，只要把这三年过了，便是夫妻团圆，儿女齐前，那是多么快活的事情。能够早回，一定早归。外国实在不如我们在一起时那么有味；举目无亲，闷时只有看书。身体还好，倒免得你记挂。我自然要考到了一个名气再回国，不然落人耻笑，也混不了饭吃。外国照相贵的不得了，但是我总要照一次，大概等三个月，阳历六月总可以照好寄给你。芝加哥大学与别的学堂不同。别的学堂都是一年分两学期，另有暑假，芝加哥大学是一年分作四学季，夏天也算一学季，用功的学生夏天也可以念书，这样多念功课，可以早些毕业。我的身体如若不坏，夏天我是照常上课，那样我在明年阳历八月底便可毕业得学士。得了学士以后，念三季的书，便得硕士，那就是后年阳历六月半。考到硕士以后，考不考博士呢？那就临时再讲罢。考博士要大后年阳历一九三一年（就是辛未年）年底才能回国。这是说加工读书，暑假都不停的话。如若身体受不住这番苦工，或是我们分离过久，彼此想得太厉害，那时候我恐怕考完硕士，由欧洲经过英国、法国、意大利等等回中国。从前说的两年得博士，那是笑话，因为初来美国，情形不明白；如今知道，是决办不到的。无论何人来美国，都是四五年才考到博士，有的学医，简直要八年。如今春天了，常常出太阳，心里觉得爽快许多。从前来芝加哥是冬天，阴沉沉的，实在不舒服。我翻译了两首中国诗，登在芝加哥大学学生出的《凤凰杂志》上，想必你听到了快活，所以我特别告诉你。熟人请我去了博物馆，那房子不用说是很大，里面都是些动物的标本模型，有一架鲸鱼头的骨头总有一丈长，那整个鲸鱼活的时候至少总有四丈长。你还记得我们从天津到上海的船上看见的鲸鱼吗？我这次在太平洋上作了一首诗，里面有几句是这样：

我要乘船舶高航，
在这汪洋：
看浪花丛簇，
似白鸥升没，
看波澜似龙脊低昂，
还有鲸雏
戏洪涛跳掷颠狂。

这里面末了两句你看见了一定还记得当时的情景。博物馆中狮子老虎自然是有的，还有一架骨头，颈子特别长，与身子高一般，总共算起来，从头到脚至少有一丈。这兽在外国叫“吉拉伏”，如今已是绝种了，就是我们中国说的麒麟。吉拉伏性子是很温和的，它那么长的颈子是用来伸到树上吃树叶子的。我们中国说麒麟不吃肉，光吃草叶，正是食蚁兽，（这是标本，同活的一般，便是活的拿药水作出，再也不会烂。）这兽很像熊，有狗那么大，最奇怪的是它的嘴，有一两尺长，像一柄锥子一样。这东西名叫“食蚁兽”，那细而长的嘴，就是用来伸进蚂蚁洞中去吃蚂蚁的。蚂蚁那么小的东西居然把它养得同狗一样大，你看这奇怪不？还有许多鸟，挂在玻璃窗橱之内，那橱总有一丈宽一丈高，五尺深。有的拿真的树作成树林，背后两边再画一张假树林加了天罗山罗，鸟儿有的歇在枝上，有的飞在空中。水鸟的窗橱是用真水作出一个池塘，有真水草，背后两边也有一张画的风景。鸟儿有的站在水里，有的藏在草中。你看这是多么巧妙。博物馆中也有中国东西，不过不算很多，最有趣的是把中国的宝塔作出些五尺高的模型来，下面注明这是什么城的。这博物馆下次我再去的时候问问他们有照片没有，如有我买了寄给你。你绣给我的相架我把我们同在北京照的那张相剪下你的相来，用这种信纸剪出一个蛋形的洞，把纸套在相上插进架中，今天早上被管家婆看见了，她希奇的不得了，说你长得美丽之至，花也绣得美丽之至。我告诉她这是中国绣花的一种，那是你的，那是我的名字。她问是谁绣的，我说是我的太太；她又问那相是谁，我也说是我的太太。

沅　三月廿四日第九封

十

霓君亲爱：

我总有两个礼拜不曾接到你的信。你在长沙亲戚朋友很多，又有小沅小东。愁闷之时，可以稍为好些。我呢？就是一个人孤住外国，举目无亲，就是靠着看看家里寄来的信解一点闷。你为什么两礼拜没信给我呢？下回再这样，我也要半个月才写信。前晚不曾睡够，昨夜九点钟就上床了，到半夜时，是一两点钟的光景。楼下一对夫妻带着儿子闹了起来，又笑又唱，再不肯停，把我从梦中吵醒了。后来一想，今天是四月一号，外国的“傻子节”，在今天无论怎样的开玩笑，是不作兴生气的。到了五点钟左右，幸亏外头一阵狗叫，他们觉得这好像很不雅，赶紧一声不响了。那匹狗不知是那家的，我要是知道，真想向它磕两个头。今天接到你阳历三月二日的信，要我寄相片，我何尝不想寄呢？但是如今那有钱照相？要是我少寄钱给你去照相，那也不成。我如今实在过的最省俭不过，叫我那有钱去照相呢？美国照相贵得不得了，我以前信里同你说过。我说阳历七月内一定照相给你，离如今不过三个多月，想必你总可以等等罢。我阳历五月要寄钱给你，六月要寄钱给罗先生。因为他来信说穷的很，我在清华欠了些帐你也知道是由罗先生代为管理的。这钱不能再不寄去了，总要七月才能照相。霓妹妹我的亲达达，这你总该能原谅我了罢？我又不是不照相，只是不得已，要迟些时候罢了。你说的话实在过重，叫我受不起，我不知道多么难受。但望将来早点回家，把这片心剖给你看罢。我听说你搬来搬去，实在是心中十分难过，我知道你受了很多的苦，很多的气，只好回家之后，一总由我向你赔罪好了。你一切都好，我是很知道的，也很放心，我就是恨自己不能回家，替你分担些忧，要累你带小沅小东。这一次不是由亚坡屯到芝加哥，自已出了车钱路费；要是出洋以前，衣服作够了，我又何至于好久不能寄钱给你呢？诚然不错，我寄了一本书去上海，叫他们寄钱给你，但是我心内总难受得很。因为我想越寄得多给你，我心中越快活。诚然我下月起就能每月寄中国钱四十块给你（六月要寄罗先生，除外）但是我一天不能寄钱给你，我就一天不快活。在外国我真是省俭的不得了。别人每月用得不够，向家里要的都有，不然就是用得紧够；我每月能寄得这笔钱给你，实在是省之又省。唉，你那知道，我多天作梦回家，从梦中哭醒了啊。我如今在美国也不看电影，也不听戏，一天到晚的只是守在房中，你想这是为的谁呢？我真想这几年快点过完了，早些看见你，才快活。我看一看，这几叶纸上，字写得东歪西斜，有稀有密，这都是我心中难受，想家太甚，心不在上的道理。你不能每礼拜写信给我，我也很原谅。我是照旧每礼拜有信给你的。信是决不会失落。我写给你的信我都记下来了，是那天发的，是第几封，我都在书上记得清清楚楚。这是第十封。没有号码以前，我来芝加哥以后曾经寄过四封给你，所以我自阳历一月到现在一共写过十四封给你，另有挂号寄的风景片一包。所以平均起来，我是六天有一封信寄与你。我这是对你多么痴心，你也总该明白。你的信我都一封封的好好藏起，上面写明是第几封，那天到的，闷时就拿出来看。还有那张同我在北京照的相我嵌在了你绣给我的相框中，你同小沅照的那张相我记得清清楚楚你是什么样子，小沅是什么样子，我想起你那含愁带苦的相，都是为了我，我心中说不出的难受，说不出的爱你敬你。我如今很想作点文章拿到外国杂志上去登出来，这是很难的：因为我们不是外国人，要作外国文，这就吃亏一步。不过成功之时，那是很有名气的。我从前在亚坡屯寄过一本书给你，那就是同学出的一本诗，里面有我译的一首诗，我曾经写明中文的名字给你看。我登出那首诗后，亚坡屯的先生同学都对我另眼看待。译的两首诗，以后说不定还要登些。我总要买来寄给你。再等二十天，我一定要买给你一些好的画片。总之，你就是不能每礼拜写信，我仍然是要每礼拜写信的，我并且要想出许多方法来让你高兴。就像我从前寄那本诗，那本红人的书，那一包画片，那一封有发网的信，都是这个意思。你若是高兴了，我跟着也就快活。你信中说伤心话时，我也就难受好多时候，厉害时我就哭了下来。我如今对你，真是十分痴心，无论何时，或是想事，或是读书，总是记起你来。你的这许多信（十二封），我小心留起，将来带回去等我们并了双肩，从头再看，那时我们好谈现在的情景。霓妹妹，你想那是多么有味啊。你说我的信可爱，这我听到是多么高兴呀；因为你看了快活，我跟着也快活了。你说儿女太多，是我害你的；不错呀，让我向我的亲妹妹赔罪罢。小东没奶吃，自然是要吵的，我求你雇一个奶妈罢。小孩子没有奶吃，是不成的，说不定很小就死了，要不然就长不大，那不就是我们把她害死了吗？那时候天也不依，说不定用什么方法来治我们的罪过，或是我们夫妻怎样了，或是小沅怎样了，那时悔之晚矣。霓妹妹，千万千万。

沅　四月二日第十封